www.tredition.de

Michaela Nowak

Seelen-Reisezeit

Füße dürfen tanzen

www.tredition.de

© 2019 Michaela Nowak, Rehden

Autorin: Michael Nowak (www.seelen-reisezeit.com)
Umschlaggestaltung: Jörn Schütte
Bild der Autorin: Susanne Wilts von Montevideo, Diepholz
Verlag und Druck: tredition GmbH, Halenreie 40-44,
22359 Hamburg

Das bin ich ...

Hallo, ich bin Eve. Meine Eltern haben mir diesen englischen Namen gegeben, weil meine Mutter Engländerin ist oder besser gesagt, war. Sie starb kurz nach meiner Geburt. Für meinen Vater war das eine Katastrophe. Er hatte seine große Liebe so früh verloren und ein Baby, mit dem er vollkommen überfordert war. So bin ich in den ersten Monaten bei meinen Großeltern geblieben und weiß nicht einmal, ob mein Papa viel dort war.

Er lernte schnell seine zweite Frau kennen, Linda. Eigentlich kenne ich nur sie als meine Mutter. Sie ist toll. Wir haben so vieles als Familie unternommen und immer hatte Linda die Ideen dazu. Wenn man uns zusammen sieht, kann man schon ahnen, dass sie nicht meine leibliche Mutter ist. Denn Linda ist ganz klein und wirkt immer etwas kompakt, aber eigentlich ist sie nur sehr sportlich und hat für ihre Größe ein ganz schön breites Kreuz.

Linda hat mir durch alle Situationen geholfen. Egal, ob ich Ärger mit meinen „Freundinnen" hatte, Liebeskummer oder Stress im Studium, sie war immer für mich da und mein Halt.

Ich muss dir vorher etwas über mich erzählen. Das ist vielleicht nicht so spannend, ist aber für die weitere Geschichte wichtig. Du wirst feststellen, dass vieles mit deinem Leben übereinstimmt. Manchmal erkennt man sich selbst wieder. Und meine Geschichte kann dir auch passieren-jederzeit. Wenn DU dazu bereit bist!

Mittlerweile bin ich 35 Jahre alt. Ich bin Lehrerin an einer Schule in Deutschland. Meine Fächer sind Geschichte, Englisch und Sport.

Mein Mann heißt Mark. Er ist Arzt und ein angesehener Spezialist für Sportverletzungen. Er hat schon bekannte Sportler behandelt und schon Prominente operiert. Viele kommen sogar aus dem Ausland, um sich von ihm behandeln zu lassen. Er hat also viel zu tun und ist sehr selten zuhause. Eigentlich haben wir keine gemeinsame Zeit für uns.

Dafür verdient er natürlich viel Geld und wir haben ein Traumhaus, Traumautos, Traumputzfrauen, Traumurlaube, nur kein Traumkind.

Das ist das einzige, was ich mir wünsche.....

Ja, das ist es, was mir fehlt. Ich wünsche mir so sehr ein Kind, das wir bereits alles versucht haben. Sogar Hormonbehandlungen habe ich schon so oft versucht, dass ich sie nicht mehr zählen kann. Mark ist schon genervt von dem Thema. Aber er hat auch seine Arbeit und seine Patienten und Kollegen. Ich arbeite auch und liebe meinen Beruf auch. Aber das sind halt nicht meine Kinder und ab der 6. Klasse sind sie auch nicht mehr immer nett. Es gibt sogar wirklich schreckliche Kinder darunter!!

Also, Mark und ich haben uns beim Studium kennengelernt. Er war immer so ein spontaner und lustiger Typ. In ihn musste man sich einfach verlieben. Ich jedenfalls. Er hat sich für die gleichen sportlichen Sachen interessiert wie ich. Wir sind viel schwimmen gegangen – wann eigentlich das letzte Mal zusammen?? - und gehen beide gerne laufen. Allerdings kann ich mit ihm nicht mithalten, denn er hat irre lange, muskulöse Beine. So schnell bin ich nicht. Außerdem laufe ich lieber zusammen mit Adam. Er ist mein allerbester Freund!

Adam und ich sind zusammen zur Schule gegangen. Er ist mitten im Schuljahr zu uns in die Klasse gekommen. Seine Eltern und er sind hergezogen. Vom ersten Tag an waren alle Mädchen scharf auf ihn. Er war auch irre cool und hatte immer die neusten Klamotten an. Außerdem war er schon damals und ist es noch heute sehr nett und freundlich, hilfsbereit und schüchtern. Mit uns Mädchen ist er toll zurechtgekommen. Sobald aber ein Junge aufgetaucht ist, hat Adam keinen Ton herausbekommen oder hat sogar angefangen zu stottern...

An einem Wochenende wollten wir alle zusammen zur Stufenfete unserer Schule. Wir hatten uns alle verabredet bei Adam zuhause und wollten gemeinsam zur Party gehen. Adams Eltern waren toll. Sie haben uns alle gerne empfangen und uns vom ersten Tag wie Erwachsene behandelt. Nach einem kleinen Bier für die Jungs und ein Glas Sekt für die Mädchen, ziehen wir alle gut gelaunt zur Party. Nach einiger Zeit sind schon alle sehr „gut drauf", denn damals wurde noch nicht so genau auf das

Alter geschaut, wer bereits volljährig ist, oder nicht, jeder bekam seinen Drink. Da hatten sich schnell die ersten Pärchen gebildet. Viele haben getanzt und die Stimmung war wirklich toll, als mir auffiel, dass Adam nicht mehr bei uns sitzt. Ich bin etwas durch den Raum gegangen und habe auch die „dunklen Ecken" abgesucht. Ich habe alle unsere Freunde gefragt, ob sie ihn gesehen haben, doch keiner wusste, wo er steckt. Ich habe sogar einen Jungen aus unseren Jahrgang auf das Jungenklo geschickt um nach ihm zu suchen, doch auch dort war er nicht zu finden.

Ich bin dann nach draußen gegangen um dort nachzusehen. Es war an dem Abend ziemlich kalt und als ich grad wieder ins Gebäude gehen wollte um meine Jacke zu holen, habe ich komische Geräusche neben dem Haus gehört. Als ich um die Ecke gehe, sehe ich dort eine ganze Horde Jungen aus der anderen Schule. Zwei halten Adam an den Armen gepackt. Ein bulliger Typ steht vor ihm und schlägt ihm mit voller Kraft ins Gesicht. Ein anderer tritt gleich danach von hinten in Richtung Po. Ich schreie sofort auf und renne zu den Jungen, aber einer greift mich und hält mich von hinten umarmt. Der bullige Kerl scheint der Anführer zu sein. Er kommt zu mir und sagt: „Hey, was interessiert dich der Typ. Der kann mit deiner Muschi eh nix anfangen. Der steht auf Schwänze im Arsch!" und er zeigt mit der geschlossenen Faust in Richtung seines Hinterteils...Die anderen Jungs gröhlen und johlen und mir wird einen Moment schlecht. „Nein, das stimmt nicht." rufe ich und schlagartig sind alle still. „Hast du die Tunte schon ausprobiert?" fragt der Bulle und sieht echt erstaunt aus. „Ja, sicher." sage ich mutig. „Wir sind fest zusammen." Die anderen fangen an zu lachen, bis der Typ vor mir die Hand hebt. Er kommt ganz dich auf mich zu, sodass sich unsere Nasen berühren und raunt mir zu: „Und ich dachte du bist noch Jungfrau, dann könnten wir noch etwas Spaß mit dir haben..." und greift mir grob an die Brust. In diesem Moment schaut Adam auf und bringt mühsam hervor: „Sie sagt die Wahrheit. Wir sind seit Wochen ein Paar. Jetzt lasst uns gehen!" Aber der schleimige Kerl scheint noch nicht mit mir fertig zu sein. „Du kannst mir ja viel erzählen und dein tuntiger Freund auch. Vielleicht sollte ich mich mal lieber selbst überzeugen, wie gut du schon eingeritten bist!" Da will er sich schon an meiner Hose zu schaffen machen und ich bekomme langsam wirklich Panik. Aber ich versuche cool zu klingen, als ich sage: „Klar, kein Thema. Aber ich hoffe, du hast Kondome dabei. Ich habe nämlich seit einigen Tagen einen Scheidenpilz und wir müssen schon alles eincremen wie verrückt." und grinse ihn dabei an. In Wirklichkeit habe ich davon mal in einer Zeitschrift gelesen und habe so viel Angst, das mir zum Heulen zumute ist und ich innerlich so zittere, das es mich wundert, dass meine Stimme so fest und keck klingt. Aber der bullige Kerl weicht einen Schritt zurück und ruft: „Ihhh, lassen wir die beiden gehen, bevor die uns was anhängt..." Alle weichen entsetzt zurück und verschwinden schneller, als ich für möglich gehalten hab.

Schnell gehe ich zu Adam, der auf der Stelle zusammengesackt ist. Ich hocke mich zu ihm und nehme ihn in den Arm. Da beginnt er leise vor sich hin zu weinen und auch mir laufen Tränen über die Wangen. Ich zittere noch immer am ganzen Körper. Als wir uns etwas beruhigt haben, helfe ich Adam hoch. „Soll ich dich nach Hause bringen?" frage ich ihn, doch er schüttelt erschrocken den Kopf. „Nein, bloß nicht. Meine Eltern würden ausflippen und mich wieder in eine andere Stadt zerren..." „Du musst zum Arzt", sage ich ruhig und behalte ihn fest im Arm. „Kann ich mit zu dir kommen?" fragt er und ich nicke. Wir gehen also schweigend und Arm in Arm ganz langsam durch die Straßen. Nach einiger Zeit sagt Adam: „Danke. Du hast mir das Leben gerettet. Die wollten mich wirklich umbringen." Er schaut mich dabei von der Seite an und doch ist es nicht wie bei den anderen Jungs. Es ist Dankbarkeit. Aber nichts anderes. „Warum waren die so ätzend zu dir?" frage ich ihn. „Mann, Eve, ich steh wirklich auf Jungs. Ich mag euch Mädchen alle sehr gerne, aber das war es dann auch schon." bringt er hervor und seine Augen füllen sich wieder mit Tränen. Er nimmt den Arm von meiner Schulter herunter und sagt: „Wahrscheinlich bereust du schon, das du mir geholfen hast..."

Aber ich lege wieder meinen Arm um seine Taille und sage: „Quatsch, red nicht so viel dummes Zeug.

Gedacht habe ich mir das eh schon. Du trägst zu coole Klamotten..." und grinse ihn an.

„Ehrlich. Ich mag dich, so wie du bist. Wir können doch trotzdem Freunde sein. Ich hab damit kein Problem. Im Gegenteil. Jetzt können wir ganz locker zusammen rumhängen und ich muss mir keine Gedanken machen, das du irgendwann etwas von mir willst..." sage ich – noch immer grinsend. Da muss er auch etwas grienen und legt den Arm wieder auf meine Schultern. Naja, vielleicht auch, weil er sonst kaum laufen kann!?

Bei mir zuhause habe ich Adam in mein Zimmer gebracht und bin zu meiner Mutter in die Stube gegangen. Ich habe ihr erzählt was passiert ist und auch warum. Bei Linda bin ich mir immer sicher sein, dass sie nie etwas davon erzählen würde. Sie fragt nur, ob ich Hilfe brauche, doch als ich ihr sage, dass ich alles hinbekomme, nickt sie nur und sagt: „Du weißt ja, wo Du mich findest, wenn du was brauchst..."Sie ist da echt toll. Schon immer gewesen und noch bis heute! Als ich wieder im Zimmer bin, hat sich Adam schon die Sachen ausgezogen und ist im Bad dabei das Blut vom Gesicht zu wischen. Ich stecke seine Sachen sofort in die Waschmaschine und mache mich mit Pflaster und Salben daran ihn zu verarzten.

In dieser Nacht haben wir in einem Bett geschlafen. Wir haben lange geredet und er hat mir erzählt, das er schon dreimal umziehen musste, wegen solchen Vorfällen. Seine Eltern kommen damit nicht zurecht, dass er nicht der typische Sohn ist. Als er in der einen Stadt einen Freund hatte und die Eltern die beiden beim knutschen erwischt hatten, hatte der Vater getobt und ihm den Kontakt verboten, als das jedoch nicht half, sind sie in eine andere Stadt gezogen. Als Adam das erzählte, schnaubte er kurz: „Als ob ich in einer anderen Stadt nicht mehr schwul bin." Dort hat es dann eine Auseinandersetzung wie heute Abend gegeben. Doch es war keiner in der Nähe, der helfen konnte, oder wollte. Adam hat dort mehrere Wochen im Krankenhaus gelegen, weil diese Schlägertypen ihn so heftig zugerichtet hatten. Die Eltern wussten nicht, was sie anderes tun konnten, sodass wieder ein Umzug anstand.

Dort wurden dann er und sein neuer Freund von Rechtsradikalen krankenhausreif geschlagen. Die beiden haben sich nie wieder gesehen oder gesprochen, doch Adam ist er mit seiner Familie bei uns gelandet. Er hat sich sofort mit uns Mädchen angefreundet, weil seine Eltern das von ihm verlangt haben. Sie wollen doch nicht, das „die" Jungen schlechten Einfluss auf ihn nehmen...`. Das hätte ich von seinen Eltern nicht angenommen. Sie wirkten so cool und nett. Adam schüttelt den Kopf: „Ja, wenn ich mich so benehme, wie es von mir erwartet wird, dann sind sie voll cool. Fast so, als wollen sie mir „normale" Freunde kaufen."

Er hat dann wieder angefangen zu weinen und ich habe ihn in den Arm genommen. So sind wir irgendwann eingeschlafen. Am nächsten Morgen lagen die Klamotten sauber und gebügelt vor meiner

Zimmertür in einer Wäschewanne. Meine Ma ist echt ein Schatz.

Wir sind dann zum Frühstücken gegangen und Adam hat sich toll mit meiner Ma unterhalten, danach wollte er nach Hause gehen. „Wirst du keinen Ärger bekommen?" fragte ich ihn, doch er lachte nur und sagte: „Nicht, wenn meine Eltern hören, dass ich bei dir geschlafen habe. Ist das okay für dich? "Adam und Eve. Das passte für viele ganz gut.

Seit der Zeit waren wir ein „Paar". Jedenfalls für seine Eltern und einige Idioten in unserer Schule oder unserem Ort. Wir begrüßten uns mit Küsschen und seine Eltern waren begeistert darüber. Wir waren quasi unzertrennlich. Bis zum Ende unserer Schulzeit galten wir bei allen als „das Traumpaar". Manchmal ging mir diese Rolle wirklich auf den Geist, weil ich natürlich auch Interesse an anderen Jungs hatte. Adam wusste immer davon, oft schon, bevor ich mir im Klaren war, das ich jemanden spannend finde. Also hatten wir einmal eine „Auszeit". Wir haben uns getrennt –ganz offiziell. Viele Typen haben dann bei mir angerufen und mich um eine Verabredung gebeten. Aber es gab nur einen, den ich wirklich scharf fand. Das war Klaus. Er war ein typischer Rebell. Hatte immer Haare, die etwas strubbelig waren, knallenge Jeanshosen und eine Lederjacke, die etwas abgewetzt aussah. Klaus sah immer etwas verwahrlost aus. Doch das war sein Stil. Mit seinem 3-Tage-Bart machte ihn das noch interessanter. Aber das war alles Show. Er roch jeden Tag super nach Duschgel und Rasierwasser. Und seine Zähne waren so weiß, dass sie im Dunkeln leuchteten.

Mehrere Wochen bin ich um ihn herumgeschlichen und dachte er würde sich für mich interessieren, doch er war nett und höflich wie zu allen anderen, zeigte aber kein besonderes Interesse an mir oder anderen Mädchen. Also war ich die ganze Zeit wieder mit Adam und der alten Clique zusammen und habe mich auf die Schule, Mode, Zeitschriften und Jungs konzentriert. Adam und ich haben uns schließlich gemeinsam aufs Abi vor-bereitet. Wir haben viel zusammen gelernt. Manchmal tage- und nächtelang! Ab und zu waren wir bei Adam und haben gelernt. Meistens waren wir bei mir zuhause, denn meine Eltern haben uns einfach in Ruhe gelassen und haben Adam wie einen Sohn behandelt. Meine Mutter liebt ihn heute noch heiß und innig und er wird zu allen Familienfesten eingeladen.

Wir alle haben unser Abi bestanden. Die einen nur so lala, die anderen (Adam und ich) haben beide sehr gut abgeschnitten und konnten uns auf die Abi-Fahrt freuen. Wir sind nach Italien gefahren auf einen Zeltplatz bei Rimini. Das war eine wilde Party. Jeden Tag lagen wir am Strand. Während die Mädchen in den ersten Tagen noch brav ihre Badeanzüge (ja – Einteilige!!!) oder Bikinis trugen und die Jungs noch teilweise mit langen Shorts und T-Shirts ins Wasser gingen, wurden die Abende immer sehr ausgelassen. Es wurde viel Alkohol getrunken, viel geknutscht und unter den T-Shirts gefummelt. So manches Zelt hat den Insassen gewechselt und manchmal hatte ein Mädchen zwei Jungs bei sich (oder anders herum). Am Tage wurden die Badeanzüge gegen kleine Höschen eingetauscht und die Bikini-Oberteile lagen irgendwo in den Zelten. Sogar am Strand wurde wild geknutscht und ein Pärchen hatte sogar Sex am Strand. Mitten zwischen Familien mit kleinen Kindern. Als alle von einer wilden Party zurückkamen, lag Adam in unserem Zelt und war heftig am knutschen mit einem Italiener, der bereits um die 30 Jahre alt war. Ich habe mich dann in ein Zelt zu den anderen gelegt. Adam war dann fast 10 Tage mit dieser heißen Affäre beschäftigt und schwebte auf Wolke Sieben.

Ich hatte auch eine kurze Knutscherei mit einem Italiener. Er hieß Pedro und konnte wirklich gut küssen. Als er aber schon am ersten Abend mit mir ins Bett wollte, hab ich die Flucht ergriffen. Am nächsten Abend hatte er dann ein anderes Mädchen gefunden. Die ist dann auch gleich – stark angetrunken – mit ihm mitgegangen. Als wir wieder zuhause waren, hatte Adam zwar fürchterlich Liebeskummer, doch ich freute mich auf die Zeugnisse. Endlich konnten wir uns an einer Uni einschreiben!

Der nächste Umzug war freiwillig. Als wir nach dem Abi studieren gingen....

Wir haben uns sogar zusammen eine kleine Wohnung genommen, als wir mit dem Studium begannen. Wir beide haben Lehramt studiert. Wir haben zusammen gelebt, gelernt, uns gegenseitig das Herz ausgeschüttet und sind zusammen feiern gegangen. Jeder neue Freund musste uns irgendwie zusammen nehmen. Viele Männer hatten damit so ihre Probleme. Selbst die Tatsache, dass Adam schwul ist, konnte viele nicht überzeugen. So habe ich es irgendwann aufgegeben und habe mich auf mein Studium konzentriert.

Nebenbei habe ich in einer kleinen Kneipe gearbeitet.

Jeden Abend war dort was los und ich habe nicht gemerkt, dass ein junger Mann öfter dort war, als die anderen Kerle. Er war oft in einer Gruppe dort, doch aufgefallen ist er mir erst, als er mehrfach alleine dort war und an der Theke saß und ein Bier oder ne Cola getrunken hat. Er kam oft erst spät, wenn eigentlich nichts mehr los. Aber dann hatte ich auch etwas Zeit, um mich zu unterhalten.

Er war wirklich sehr ausdauernd und kam immer wieder und blieb, bis in die frühen Morgenstunden. An einem Freitagabend war sehr wenig los. Der Chef der Kneipe fragte mich, ob ich schon frei machen wollte um endlich mal was mit dem Kerl an der Theke zu unternehmen. Doch ich verstand ihn nicht. Warum sollte ich was mit dem machen? Doch er lachte und sagte: „Mädchen, warum glaubst du, kommt er erst jeden Abend kurz vor Feierabend und auch nur, wenn du Dienst hast?" Ich grübelte kurz darüber nach, hatte mir wirklich noch nie Gedanken darüber gemacht. Aber insgeheim hab ich mich auch gefreut, denn Mark sah super aus und war wirklich sehr sehr nett! Kurz entschlossen band ich meine lange Schürze ab, nahm meine Tasche, ging um die Theke herum zu Mark und sagte: „So, ich hab Feierabend. Hast du noch Lust etwas zu unternehmen?" Er stutzt kurz, schaut zum Chef der Kneipe, der ihm aufmunternd zublinzelte und sagte: „Ja, klar gerne. Was würdest Du gerne machen?" Er bezahlte seine Getränke und wir verließen die Kneipe. Wir waren die ganze Nacht unterwegs und haben geredet und geredet, ich habe ihm gleich von Adam erzählt und er hat mir versichert, dass es kein Problem für ihn ist. Er hat mich an diesem Abend – oder besser am Morgen – nach Hause gebracht. Wir hatten uns für Sonntagnachmittag verabredet und wollten an einen See fahren. Das war der schönste Tag seit vielen Jahren. Am Abend zum Abschied gab ich ihm einen Kuss auf die Wange, doch er hielt mich fest und schaute mich so verliebt an, das mir die Knie weich wurden. Er nahm mich in den Arm und ich erwiderte diese Umarmung sehr gerne. Das war der weltbeste Kuss, den ich dort bekommen habe!!! Es fühlte sich an, als würde mein Bauch vor Schmetterlinge wimmeln. Da begann eine wundervolle Zeit. Mark war so aufmerksam und höflich, das ich oftmals dachte, ich wache gleich auf!! Er hat sich vom ersten Tag an sehr gut mit Adam verstanden. Die beiden haben schnell Gesprächsthemen gefunden und jeder wusste, warum der jeweils andere für mich wichtig ist. Nur ganz selten ließ Mark erkennen, das er mit der Wohnsituation nicht ganz zufrieden war. Ich war auch sehr gerne in seiner Wohnung. Zum einen, weil wir diese für uns alleine hatten, seine Eltern hatten sie kurzerhand als „Anlage-objekt" gekauft. Zum zweiten, weil sie wirklich geräumig und sehr modern und hell war. Dagegen war unsere Altbauwohnung ein düsteres Loch. Mark braucht auch nie nebenbei arbeiten, seine Eltern verdienten sehr gut und unterstützen ihn mit allem, nicht nur mit Geld. Als ich die beiden kennenlernte, war ich von deren sicheren und weltgewandten Auftreten regelrecht erschlagen.

Beide tragen die teuersten Klamotten und Schmuck, die ich je gesehen habe. Bei Marks Mutter habe ich es in den ganzen Jahren nie erlebt, dass die Frisur nicht perfekt sitzt und das Make-up ebenso. Allerdings habe ich es auch noch nie erlebt, dass die beiden besonders herzlich sind. Eine Umarmung von weitem, mit einem Küsschen links und rechts, meistens, ohne sich wirklich zu berühren, ist das einzige, was man zur Begrüßung bekommt. Für Mark war es daher vollkommen überraschend, als wir das erste Mal bei meinen Eltern waren und meine Mutter ihn herzhaft in den Arm nahm.

Es gab aber auch Tage, da konnte er mich kaum an sich heranlassen. Dann war Mark kühl und abweisend. In manchen Momenten jedoch, schien er Liebkosungen wie einen Schwamm aufzusaugen, konnte nicht genug davon bekommen und ließ sich von mir sogar in den Arm nehmen, um sich wie ein kleines

Kind anzukuscheln. Ich lernte schnell seine Laune zu erkennen und danach zu handeln. Er war mit seinem Studium fertig und hatte bereits seine erste Stelle in einem Krankenhaus angetreten. Um in meiner Nähe zu bleiben, hatte er die erste Möglichkeit in der Nähe ergriffen. Als Neuling ist man dort offensichtlich der Fußabtreter für alle und muss Extraschichten machen. Er arbeitete quasi durchgehend und fiel bei jeder freien Möglichkeit total erschöpft ins Bett. Für mich war das okay, dann konnte ich neben den Arbeiten weiterhin in der Kneipe jobben, um meinen Lebensunterhalt zu finanzieren. Die Angebote bei Mark einzuziehen schlug ich aus, denn ohne mich hätte Adam die Wohnung nicht halten können oder hätte einen neuen Mitbewohner suchen müssen. Da wir aber fast fertig waren, beschloss ich, die letzte Zeit alles beim Alten zu lassen. An einem Freitag mussten Adam und ich viel für eine Klausur lernen und Mark und ich konnten uns wieder nicht sehen und das, obwohl er endlich einmal frei hatte.

Als wir an diesem Abend einiges geschafft hatten, wollten wir eine kleine Pause machen und schnell etwas Essen gehen, bevor wir uns wieder in die Arbeit stürzen wollten. Zum Kochen und aufräumen hatte keiner Zeit oder Lust. So sollte es ein kleiner Snack beim Italiener um die Ecke geben. Wir hatten grade bestellt, als Mark mit einer Horde seiner Freunde am Restaurant vorbei-zog. Alle hatten schon ordentlich getankt und waren wohl auf dem Weg zum Fußballspiel des Lieblings-vereins. Die Stimmung war entsprechend hochgefahren. Mark sah nicht glücklich aus, dass wir zusammen saßen, während ich ihn schon seit Wochen abgewiesen hatte. Sein Freund Sven rief prompt: „Hey, ich denke deine Süße muss lernen!! Jetzt sitzt sie hier mit dem warmen Bruder. Jetzt weißt du hoffentlich, worauf sie steht. Dann hat sie vielleicht mehr Zeit für dich!" Alle im Lokal starrten uns an und die ganzen Freunde von Mark haben sie königlich amüsiert. Er selbst stand nur ernst da und hat mich angestarrt, als hätte ich grade einen Striptease vor dem Lokal gemacht und danach einen fremden Mann vergewaltigt. „Lasst uns gehen!" war das einzige, was er zu seinen Kumpeln gesagt hat und ist dann einfach gegangen. Seine Freunde haben dann noch gegröhlt: „Hey, such dir für heute eine andere. Dann kannst Du mal wieder Dampf ablassen und hast bessere Laune.." Dazu machten sie eindeutige Bewegungen mit der Hüfte und wieder war das Gelächter groß. Über dieses bescheuerte Benehmen war ich so gekränkt, das ich auf Essen keine Lust mehr hatte. Wir haben also beide etwas in unseren Salaten herumgestochert und sind dann wieder in unsere Wohnung gegangen. An Lernen war auch nicht wirklich zu denken. Adam schlug noch vor, etwas aus zu gehen um diesen unerfreulichen Vorfall zu vergessen, doch ich wollte nur alleine sein. Also ist er gegen 23.00 Uhr losgezogen in die schöne Partyszene.

Als es gegen 1 Uhr im Flur polterte und schepperte dachte ich natürlich sofort an Adam. Um keinen Ärger mit den anderen Mietern zu bekommen, bin ich schnell in den Flug gesaust und habe die Wohnungstür aufgerissen. Da stand dann Mark. Besoffen wie fünf Matrosen und hinter ihm noch zwei seiner Freunde mit gleichem Alkoholpegel. Der eine rief laut: „Los Alter, jetzt zeig ihr mal, wer den Schwanz in der Hose hat!" und gab Mark einen solchen Schubser, das er erst gegen mich und wir zusammen gegen unseres Flurwand knallten. Als die beiden auch noch in unsere Wohnung kommen wollten, hielt Mark sie auf und lallte nur: „Ich kann das schon alleine und glotzen ist nicht!" Dann schob er die beiden vor die Tür und knallte die Tür zu. Wortlos griff er mein Handgelenk und torkelte in mein Zimmer. Auf dem Weg dahin fragte er: „Ist er da?" und ich antwortete: „Nein, Adam ist ausgegangen." Als wir in meinem Zimmer waren, riss er mich an sich. Von der Fahne war ich gleich mit betrunken. Dann küsste er mich und hielt mich grob fest. Als ich ihn etwas von mir fort schieben wollte, griff er in meine Haare und schnaubte: „Jetzt bin ich dran!" Zum Schlafen hatte ich mir ein kurzes Satin-Schlafkleid übergezogen und mit einem Handgriff riss er es mir vom Körper. Dann stieß er mich aufs Bett. Eine Zeit stand er am Fußende und beobachtete mich. Dann fing er an sich auszuziehen. Als er beim Hose ausziehen fast gestützt wäre, robbte ich zum Kopfende und zog die Decke vor meinen Körper. Er schaute zu mir her und schnauzte mich an: „Los, zieh den Fetzen aus. Ich hab hier genug zu tun." Er fingerte an seiner Unterhose herum, die nicht über seinen steifen Penis zu ziehen war. Wenn ich nicht so viel Angst gehabt hätte, wäre die Situation wirklich zum Lachen gewesen.

Dann ging er ums Bett herum und den Rest auf allen Vieren näher zu mir. Er packte die Decke und riss sie mir weg: „Ich will doch sehen, was mir gehört!" lallte er. Dann zog er mich an den Füßen zu sich. Ich versuchte vergeblich, mich aus seinem festen Griff zu befreien. Er zog mir den Slip fast zärtlich und langsam aus, schaute mich wieder richtig gierig an und beugte seinen Kopf zu meinem Bauch herunter. Als ich meine Hände vor die Brust legte, schaute er hoch, ergriff meine Gelenke und drückte sie an mein Bettgestell. „Wehe, du lässt die Stangen einmal los," flüsterte er und der Ton seiner Stimme ließ mich schaudern. Er hörte sich nicht an wie Mark, sondern bedrohlich, dunkel und als würde er es sehr ernst meinen. Er küsste meinen Bauch und meine Brüste, wanderte dann immer tiefer. Als ich grade meine Angst zu verlieren schien und eine Hand von den Stäben löste, hielt er inne und schaute mich boshaft an. Langsam hielt ich mich wieder fest und sofort war die Angst wieder da. Schnell griff er unter meinen Hüften nach meinen Po und zog mich mit einem Ruck zu sich her. Mit einem kräftigen Ruck war er in mich eingedrungen. Meinen kleinen Aufschrei schien er als Lust zu verstehen, denn mit eiskalter Miene meinte er: „So, jetzt kriegst du mal nen richtigen Mann zu spüren."…

Er war unglaublich grob. Mein Winseln und Schluchzen schien ihn nur noch mehr anzufeuern. Und da er Alkohol getrunken hatte, dauerte das

Ganze noch wesentlich länger, als es normal gewesen wäre. Als er endlich kam, dachte ich, mein Becken würde zerspringen, so stark riss er mich zu sich her und drückte sein Becken gegen meines. Dann ließ er mich los, zog seinen Penis aus mir heraus und zog sich an, als wäre nichts passiert. Als letztes sagte er noch: „So, jetzt kann ich wieder ein paar Wochen warten." Er geht und ich höre kurze Zeit später die Tür vom Treppenhaus.

Als er aus der Wohnung heraus war, zog ich die Decke zu mir her. So blieb ich liegen und weinte die ganze Nacht, bis ich vollkommen entkräftet einschlief.

Als ich die Wohnungstür hörte, bekam ich einen riesigen Schreck. Doch ich hörte sofort, dass es Adam war. Ganz leise ging er in sein Zimmer um mich nicht zu wecken. Am nächsten Tag lag ich noch immer im Bett und rührte mich nicht. Als Adam aufstand, war es fast Mittag. Das ist wirklich ungewöhnlich, denn ich bin der Frühaufsteher in unserer WG. Nachdem ich vom Laufen zurückkomme habe ich Brötchen besorgt und wir frühstücken zusammen. Doch heute war mir nicht nach aufstehen.

Die ganze Zeit fragte ich mich, ob ich selbst Schuld an dieser Geschichte war, weil ich Mark so lange zappeln lassen hatte?! Warum war er so wütend und grob? Er ist sonst immer sehr zärtlich und lieb gewesen. Hat der Alkohol ihn so werden lassen? Ich habe mich mehrere Tage nicht aus dem Bett bewegt und es war bereits eine Qual auf die Toilette zu gehen. Alles brannte wie Feuer und tat unendlich weh. Doch mein Mitbewohner hat ein Machtwort gesprochen. Ich hatte ihm nichts von dem nächtlichen Besuch erzählt. Ich konnte gar nicht darüber sprechen. Ich wollte das alles nur vergessen. Die quälenden Gedanken abstellen.

Adam kam dann in mein Zimmer und sagt: „Süße, so geht das nicht weiter. Ehrlich gesagt, du müffelst langsam. Geh baden und zieh dich an. Dann kuschelst du dich auf das Sofa und ich werde dich versorgen. In der Zeit, in der ich in der Wanne lag, machte er mein Zimmer wieder bewohnbar. Er öffnete als erstes das Fenster. Dann zog er die Betten ab und bezog sie neu. Dann saugte er alles und wischte Staub. Danach schloss er das Fenster und das Zimmer war wie neu. Der alte Geruch war fort und das Bett war etwas weniger widerlich. ....Nur meine Gedanken konnte er nicht wegwischen. Nachdem ich etwas gegessen und getrunken hatte schaute ich etwas Fern. Adam hatte mir einige Filme geholt, die alle zum Lachen sind.
Nach einigen Tagen stand Mark vor meiner Tür. Er hatte einen riesigen Strauß Blumen dabei. Adam hatte ihn hereingelassen und er kam zu mir ins Wohnzimmer. Mein ganzer Körper spannte sich an und ich zog mir die Decke fester um den Körper. Adam nahm die Blumen und ging eine Vase holen. Dann stellte er die Blumen auf den Tisch, schob Mark zum Sessel und sagte: „So, ihr Lieben. Ich ge-

he etwas nach draußen. Dann habt ihr etwas Zeit für euch."

Doch ich hatte ein komisches Gefühl im Bauch und rief: „NEIN ! ! ! Bleib bitte hier."

Mark sah nach unten auf seine Hände, aber Adam schien durch meinen Tonfall alarmiert. Sein fröhlicher Gesichtsausdruck verschwand sofort und in ernstem Tonfall sagte er: „Gut. Ich bin in meinem Zimmer. Ruf mich, wenn etwas ist." Er ging raus und schloss die Tür. Jetzt war ich mit Mark allein. Dieser schaute nicht auf, als er anfing zu sprechen: „Eve, es tut mir so leid. Ich weiß nicht, was mit mir los war. Ich wollte hier nicht auftauchen. Aber die blöden Sprüche der Jungs und der Alkohol haben mich so aufgestachelt, das ich richtig wütend war."

Seine Stimme hatte etwas zu kratzen angefangen und drohte zu ersticken. Er sah mich an und seine Augen waren ganz rot. Erst jetzt erkannte ich, dass er geweint haben musste. Er rutschte vom Stuhl herab auf die Knie vor dem Sofa und versuchte meine Hand zu greifen, doch ich zog sie schnell fort. Da fing er hemmungslos an zu weinen. „Eve, ich habe das nicht gewollt. Ich schäme mich ganz fürchterlich. Bitte verzeih mir und gib mir noch eine Chance." bettelte er.

„Ich weiß nicht, ob ich das kann. Ich habe dich noch nie so erlebt. Eigentlich habe ich nur noch Angst vor dir, Mark." „Nein, sag das nicht. Du brauchst keine Angst haben. Ich liebe dich doch! Bitte, gib mir noch eine Chance. Ich werde nie wieder Alkohol trinken! Ich mache alles, was du verlangst, aber gib

mir bitte noch eine Chance!!!" Ich bat mir Bedenk-
zeit aus und konnte mir zunächst nicht vorstellen,
mich je wieder von ihm anfassen zu lassen. In den
nächsten Wochen musste er wieder viel arbeiten,
aber fast an jedem Tag ließ er mir eine Überraschung zukommen.
Da kamen Blumen mit dem Kurier, an meinem
Fahrrad hing eine riesengroße knallrote Klingel mit
Herzen darauf, ein junger Mann brachte mir ein
Liebeslied vor unserer Wohnung und immer bekam
ich eine kleine Karte auf der stand: „Ich liebe Dich,
bitte verzeih mir."
Irgendwann habe ich mich breitschlagen lassen. Wir
haben uns in den nächsten Wochen sehr selten gesehen. Aber er war immer sehr verständnisvoll und
rücksichtsvoll, hat mir viel Zeit gelassen. Nach dem
Vorfall, bis heute hat er nie wieder Alkohol getrunken oder mich bedrängt.

Adam hat mich nur einmal gefragt, ob ich mit ihm
darüber reden will. Ich habe nur den Kopf geschüt-
telt. Er hat mir gesagt, dass ich jederzeit erzählen
kann, was passiert ist und er immer für mich da sein
wird. Doch der Gedanke, irgendwem davon zu erzählen. Ließ mir den Mageninhalt nach oben jagen.
Er hat das Thema nie wieder angesprochen.

Aber zu dem Zeitpunkt begannen bei Adam die
Depressionen. Dann war es an mir, ihn zu pflegen.
Dann habe ich ihm zugehört und ihm Essen gebracht. Ich habe ihn zum Duschen überredet und
ihm die Klamotten gewaschen. Wir haben dann das

Studium zusammen beendet und unsere weiteren Jahre so gut es geht zusammen verplant. Adam arbeitet heute an einer Schule für lernschwache Kinder.

Einige Jahre nach unserem Abschluss hatten wir Jobs in der gleichen Stadt gefunden und wieder eine WG gegründet. Mark war einige Zeit später ebenfalls in die Nähe gezogen, doch wir behielten lange getrennte Wohnungen. Es dauerte viele Monate, bis ich ihm wieder etwas vertrauen konnte und erste Berührungen ertragbar waren. Aber erst nach fast zwei Jahren konnte ich wieder Sex mit ihm haben. Er ließ mir alle Freiräume, drängte mich nie wieder. An diesem Abend war ich es, die vorsichtig den ersten Schritt machte und er war unglaublich vorsichtig und liebevoll. Ich konnte jeden Kuss und jede Liebkosung genießen und war schließlich bereit, mit Mark zu schlafen. Er überließ mir die Geschwindigkeit und fragte mich immer wieder, ob es okay sei.

Zur Vorweihnachtszeit schenkte er mir nach zwei Jahren einen selbstgemachten Adventskalender. Darin waren Puzzleteile und eifrig legte ich jeden Tag weitere Teile aneinander. Ich erkannte schnell, dass es sich um ein gemeinsames Bild handelte. Ich konnte mich jedoch nicht erinnern, wann wir das Bild gemacht hatten. Als die letzten Tage anbrachen, wurde eine Schrift sichtbar. Darauf stand:

Ich liebe dich so sehr! Bitte heirate mich...

Als ich aufblickte, stand er im Raum, mit rotem Gesicht und etwas glasigen Augen. Er hielt ein kleines Kästchen in der Hand, das aufgeklappt war und einen wundervollen Ring zeigte. Langsam ging er vor mir auf die Knie und fragte mit ernster Miene: „Eve, ich liebe dich so sehr und möchte für immer mein Leben mit dir verbringen. Bitte, werde meine Frau!" Als er merkte, dass ich einen kleinen Augenblick zögerte, war er hinterher: „Das Einverständnis deiner Eltern habe ich bereits eingeholt. Sie freuen sich für uns." Und tatsächlich war mein erster Gedanke, was Adam und meine Eltern dazu sagen würden. Ich freute mich wirklich von Herzen und lief in seine Arme. Wir küssten uns und er steckte mir den Ring an den Finger. Danach gingen wir in unser Lieblingsrestaurant, denn wir hatten für den Vormittag eine Art „Wir-warten-aufs-Christkind-Brunch" gebucht. Und da waren sie alle. Seine und meine Eltern, Adam und noch ein paar andere Freunde. Alle hatte Mark eingeweiht und sie nahmen uns in die Arme und gratulierten uns.

Die ganzen Weihnachtstage waren traumhaft schön. Wir hatten frei – ja, Mark auch – und machten uns Gedanken über die Hochzeit. Doch je mehr wir darüber sprachen, umso klarer wurde, dass unsere Wünsche in sehr unterschiedliche Richtungen gehen...

Mark wollte das ganze Programm! Mit Junggesellen-Abschied, Kranz binden bei seinen Eltern und seiner gesamten Nachbarschaft zur Kinderzeit. Auf die Frage, wann das „Kränzen" bei meiner Familie stattfinden solle, erklärte ich ihm, das es das in meinem Heimatort nicht gibt. Doch er war nicht zu bremsen und teilte mir mit, dass die alten Nachbarn meiner Eltern schon auf die Sprünge helfen würden.

Die Hochzeit selbst könne nur in einem Saal stattfinden, der sich in der Nähe zu seinen Eltern befand, denn nur dieser eine Saal würde die zirka 200 Gäste fassen können...

Ich war das erste Mal geschockt. Wen wollte er alles einladen? Ich hatte nur eine kleine Verwandtschaft und auch bei ihm in der Familie hatte ich noch keine Clan-Verwandte kennengelernt.... Doch er bestand darauf, alle früheren Nachbarn, alte Studienfreunde, Arbeitskollegen, Kindheitsfreunde, Oma, Opa, Onkel, Tante und so weiter und so weiter.......einzuladen. Und überhaupt brauche ich mich um nichts kümmern, seine Mutter würde alles organisieren. Ich müsse nur die Anschriften „meiner" Gäste aufschreiben und mitfahren, um das Brautkleid zu kaufen.

Pah. Das würde nicht passieren. Ich würde mich mit Adam ganz heimlich verabreden und mit ihm ein Kleid aussuchen. Doch auch da hatte der gute Mark vorgesorgt.
Als ich Adam fragte, wann wir das Kleid aussuchen wollen, gab er mir einen Korb mit den Worten: „Eve-Schätzchen, Mark hat bereits mit mir gespro-

chen und ich musste ihm versprechen, das wir nicht ohne seine Mutter shoppen gehen!"

Also zogen wir zu viert los. Seine Mutter, Linda, Adam und ich. Sie hatte die Geschäfte ausgesucht, in die wir gingen, sie legte die Kleider fest, die ich anziehen sollte und gab vor, wann wer zu atmen hatte. Der Tag war entsetzlich.

Ich mochte keines der Kleider und versuchte mehrfach zu erklären, dass ich nicht wie ein Sahne-Baiser aussehen wolle. Doch jedes schlichte Kleid, das ich leiden mochte, redete Thekla (Marks Mutter) schlecht. Es sehe billig aus, würde wie ein Sack aussehen, wäre wohl aus Bettlaken genäht und viele Boshaftigkeiten mehr. Ich zog artig die ganzen Baiser-Kleider an, fühlte mich mit jedem unwohler und zog eine Schnute. Es dauerte 4 Stunden, bis sie merkte, dass ich kein Wort mehr sagte. „Na gut, mein Fräulein! Dann machen wir für heute Schluss. Das nächste Mal reiß dich etwas mehr zusammen und schlafe etwas mehr, damit so etwas disziplinierter durchhalten kannst", maßregelte sie mich vor Linda und Adam. Dann drehte sie sich ohne weiteren Gruß um und verschwand. Danach atmeten wir erst einmal kräftig durch und gingen in das nächste Café, um uns zu stärken.

Die anderen beiden waren genauso geschockt wie ich und nachdem wir eine Zeit über die entsetzlichen Kleider geredet und irgendwann gelacht haben mit Tee und Kuchen, klingelte mein Handy. Es war Mark und er war sauer. Warum ich so boshaft mit seiner Mutter umgehen würde?!? Das es ja ein schreckliches Benehmen von mir wäre?!? Sie würde sich so viel Mühe geben, mir alles Recht zu machen und ich wäre so undankbar?!?!?

Ich war sprachlos....

Zuhause schilderte ich den Nachmittag aus meiner Sicht, doch Mark blieb dabei, das seine Mutter mir nur helfen wolle und ich so schrecklich undankbar sei. Ich bot vorsichtig an, doch mit Adam und Linda noch einmal alleine nach einem Kleid zu schauen, doch Mark schüttelte den Kopf und sagte mehr zu sich selbst: „Nein, ich will keine Braut, wenn sie nicht das perfekte Kleid trägt." Daraufhin drehte ich mich auf dem Absatz um und verließ die Wohnung. Mit dem Rad fuhr ich zu Adam und erzählte ihm von dem Gespräch. Er war genauso geschockt wie ich.

An diesem Tag hatte ich das erste Mal das Gefühl, meine Füße würden brennen. Ich zog die Schuhe aus und ließ sie über den kalten Boden wandern, immer auf der Suche nach einer kühlen Stelle.

Als nun meine Hochzeit immer näher kam, musste Adam seinen Eltern erklären, warum wir zwar noch immer zusammen wohnten, ich aber einen anderen Mann heiraten würde.

Er hatte damals mehrfach versucht, es den beiden zu erklären. Seine Mutter ist ganz liebevoll gewesen und hat ihn in den Arm genommen. Doch sein Vater hat ihn gebeten das Haus zu verlassen und dieses nicht mehr zu betreten. Er hat keinen Kontakt zu seinem Vater und ich weiß, dass ihn das sehr belastet. Seine Mutter und er dürfen nur heimlich telefonieren oder sich treffen, der Vater hat auch dies strengstens untersagt.

Dafür haben meine Eltern ihn ins Herz geschlossen und Adam gehört zur Familie, als wäre er mein Bruder. Alle Feste feiert er mit und Weihnachten sind wir auch immer zusammen.

Um Mark seine perfekte Hochzeit zu ermöglichen, ließ ich alles über mich ergehen. Thekla hat das Kleid ausgesucht und den Friseur. Als ich an diesem Tag in den Spiegel schaute, erkannte ich mich selbst nicht. Eine Fremde schaute mich aus zugekleisterter Miene an. Meine Haare sahen aus, als hätte ich einen kleinen Turm auf dem Kopf und das Baiser-Kleid machte eine Berührung fast unmöglich. Das hatte ich mir anders vorgestellt, aber Mark lag so viel daran und schließlich ist es ja nur ein Tag, dachte ich mir.

Doch der Tag würde erst einmal der längste meines Lebens werden.... Nachdem ich mich im Spiegel angeschaut hatte, ging es zum Bilder machen in einen Park. Wir kletterten auf Geräte, saßen in Blumen, schauten uns die ganze Zeit verliebt an oder lächelten in die Kamera. Teilweise waren die Eltern dabei oder die Trauzeugen oder alle. Wir alleine, jeder mit seinen Eltern und und und – stundenlang. Ich war fertig. Doch da ging es auch schon weiter. In einem schwarzen Luxus-Schlitten wurden wir zu einer Kirche gefahren mit einer entzückenden Zeremonie. Danach ging es in den 200-Mann-Saal, doch von den Gästen kannte ich nur 30. Der Rest waren Marks Arbeitskollegen, oder Freunde und Bekannte seiner Eltern, die man auf jeden Fall einladen MÜSSE!!!

Trotz allem war die Feier sehr schön und ich habe es genossen, im Mittelpunkt zu stehen. Aber ich war auch sehr froh und dankbar, als ich das Kleid gegen 5 Uhr morgens ausziehen und die ganze Schminke abkratzen durfte. Noch in der Hochzeitsnacht waren Mark und ich so glücklich, das wir beschlossen, möglichst bald mit der Gründung einer Familie loszulegen.

Zunächst versuchten wir es auf die normale Weise und da wir noch immer auf Wolke 7 schwebten, schliefen wir sehr oft miteinander. Als das nicht klappte, sagte mir Mark, ich solle mal einen Arzt aufsuchen und ihn um Rat fragen. Ich fand die Idee gut und er erkundigte sich nach dem besten Gynäkologen. Nach eingehender Untersuchung sagte dieser, es wäre alles in Ordnung, ich könnte jederzeit Kinder bekommen. Wir versuchten es also weiter, allerdings nicht mehr ganz so oft, denn Mark musste immer mehr arbeiten.

Als ich vorsichtig anfragte, ob er sich ebenfalls untersuchen lassen wolle, sagte er nur kurz angebunden: „Bei mir ist alles in Ordnung." Ich war automatisch davon ausgegangen, dass er sich ebenfalls in die Hände eines Fachmannes begeben hatte.

Bei einer erneuten Untersuchung stellte mein Arzt fest, dass es sich jetzt um einen günstigen Moment handelte, da ich offenbar grade meinen Eisprung hatte. Abends, als Mark nach Hause kam, wartete ich auf dem Sofa, mit einem aufreizenden Kleidchen an. Er kam zu mir, gab mir einen schnellen Kuss und sagte: „Hallo Schatz, ich geh duschen und schlafen, ich bin fix und fertig." Also wartete ich einen Moment, bis ich die Dusche rauschen hörte, und folgte ihm ins Bad. Er bemerkte mich und ich ging einfach unter den Wasserstrahl, legte meine Hände um seine Hüften und begann seine Brust zu küssen. Sofort bemerkte ich seinen Penis fest werden und ich schaute ihm ins Gesicht. Wir küssten uns und liebten uns in der Dusche. Danach trockneten wir uns gegenseitig ab, er hob mich liebevoll hoch und trug mich ins Schlafzimmer. Als am nächsten Morgen sein Wecker klingelte, schliefen wir wieder miteinander. Doch schwanger wurde ich nicht.

Ich erzählte ihm später von der damaligen Untersuchung dass ich meinen Eisprung zu dem Zeitpunkt hatte und dass es mich wundert, dass ich nicht schwanger geworden bin. Er reagierte verärgert: „Ach, darum warst Du so scharf auf mich. Ich dachte schon, Du liebst mich, aber offenbar bin ich nur ein Zuchtbulle." Und rums, war er mit lautem Türen knallen aus dem Zimmer gestürmt.

Zunächst war ich über den Kommentar etwas verärgert, schob es aber auf die viele Arbeit, denn Mark ist immer lange im Krankenhaus und arbeitet.

Seit der Zeit ist er noch weniger zuhause. Nach der Arbeit trifft er sich zum Tennis, oder Fitness, spielt Fußball oder fährt mit einigen Freunden Motorrad. Eigentlich ist er selten zuhause. Wir treffen uns an manchen Tagen nur zum Frühstück. Dann sitzen wir beide hinter einer Zeitung vergraben und lesen. Das macht es noch schwerer schwanger zu werden. Wenn man dann noch den „richtigen Moment" abpassen muss, wird das Ganze nicht einfacher. Als ich einmal von einem Arztbesuch kam, rief ich bereits von unterwegs auf Marks Handy an, um ihm zu erzählen, was der Arzt gesagt hatte: `Sie hatten grade einen Eisprung. In den nächsten Tagen würde einer Befruchtung ziemlich sicher nichts im Wege stehen.....“

Sein einziger Kommentar dazu war: „ Daraus wird leider nichts. Heute Abend bin ich von Professor Medorn zum Essen eingeladen. Die nächsten Tage habe ich volle Terminkalender mit OP´s. Aber wir haben ja noch Zeit. Dann legte er auf. Ich saß wie vom Donner gerührt im Auto. Ich habe angefangen zu weinen. Sobald ich das Thema anspreche, blockt er ab oder erzählt etwas von seinen Patienten. Es kommt mir fast so vor, als wolle er einfach nicht darüber reden. Ich versuche es auch schon nicht mehr, hoffe aber noch immer, dass es einfach passiert.

Er ist irgendwie anders lieb, manchmal. Er hat eine Putzfrau besorgt, damit ich das Haus nach der Arbeit nicht mehr putzen muss. Sie ist die gute Perle im Haus und kümmert sich um alles. Das ist eine wirkliche Erleichterung.

Und man muss es ja auch mal positiv sehen. Wenn wir uns nicht so oft sehen, können wir uns auch nicht so oft streiten. Aber trotzdem fühle ich mich oft schrecklich einsam. Ich möchte so gerne ein Baby haben. Das macht sich manchmal wie Schmerzen in der Brust bemerkbar. Und diese Schmerzen wurden irgendwie zu Husten und dieser wurde irgendwann chronisch. Jetzt bezeichnet es der Arzt schon als Asthma.

Und dann kam Antonia!

Ich habe eine schreckliche Nacht hinter mir. Die ganze Nacht hatte ich schrecklichen Husten und konnte nicht schlafen. Gegen 1.00 Uhr hat Mark schimpfend das Gästezimmer aufgesucht, weil er am nächsten Morgen topfit sein muss, wegen einer ganz wichtigen Operation. Ich habe oft Hustenanfälle in der Nacht und Mark schläft bereits mehr im Gästezimmer, als im Ehebett. Als ich am Morgen wach werde, habe ich starke Bauchschmerzen. Mir ist sofort klar, was das bedeutet. Ich werde in den nächsten Stunden meine Regelblutung bekommen. Ich bin schrecklich enttäuscht. Der normale Menschenverstand müsste mir sagen, dass ich nicht schwanger sein kann. Pollenflug funktioniert ja nicht! Und da ich Mark in den letzten Wochen fast nicht zu Gesicht bekommen habe, ist es unmöglich schwanger zu sein. Aber traurig bin ich doch. Wie immer. Also mache ich mich ins Bad um mich anzuziehen. Nach dem Frühstück fahre ich zur Arbeit.

Unsere Schulleitung informiert uns, dass eine neue Regelung beim Sportunterricht gilt. Für spezielle Themen soll immer eine weitere Aufsichtsperson mitkommen, die aus der jeweiligen Elternschaft gestellt wird. Alle Kollegen sind genervt. Mit besorgten Müttern oder gar besser wissenden Vätern Unterricht zu machen, ist der Alptraum jedes Lehrers.

Außerdem sollen solche Eltern auf Klassenfahrten und Tagestouren dabei sein. Auch das ist für die ganze Lehrerschaft kein besonders freudiger Gedanke. Und in meiner Klasse steht bald eine Fahrt an. Für eine ganze Woche werden wir unterwegs sein. Und gleich bei mir beginnt das Projekt „Schule mit Eltern". Es werden Zettel verteilt, worin dieser Sachverhalt erklärt wird. In unserer Klasse ist keiner der Eltern bereit eine solche Fahrt zu unterstützen. Jeder hat seine Verpflichtungen und Arbeit. Doch der Schulleitung bleiben die Hände gebunden. Eine weitere Begleitung muss her. Ich lade alle Eltern zu einem Infoabend ein und wir besprechen das Ganze. Und da hat eine Mutter eine Idee. Ihre Schwester ist selbstständig und kommt mit Kindern und Jugendlichen immer super gut zurecht. Sie würde sicher an der Fahrt teilnehmen, wenn es zeitlich passt. Alle Eltern sind mit der Lösung einverstanden. Einige Tage später ruft mich diese Frau zuhause an. Als ich ihre Stimme höre, geht ein warmer Schauer durch meinen Körper. Ihre Stimme ist unglaublich beruhigend und warm. „Hallo, mein Name ist Antonia Roth. Meine Schwester hatte mich gebeten mit ihrer Tochter auf Klassenfahrt zu gehen." Ich habe fast das Gefühl, wir würden uns kennen. Daher verabreden wir uns, uns zu treffen damit ich alles erzählen kann. Wir treffen uns also ein paar Tage später in einem Café. Als ich – mit etwas Verspätung – dort ankomme, sitzt Antonia Roth bereits an einem Tisch. Ich habe sie sofort erkannt. Zum einen, weil sie ihrer Schwester sehr ähnlich sieht und dann, weil niemand dort zu dieser wunderschönen Stimme gepasst hätte. Ihre Haare sind lang und lockig. Sie fallen wie warme dunkelrote Wellen über ihre Schultern. Sie ist ein dunkler Typ, trotzdem hat sie Sommersprossen auf der Nase und grüne Augen wie eine Katze. Als ich an ihren Tisch komme, steht sie sofort auf und begrüßt mich herzlich. „Hallo, sie müssen Frau Ullmer sein. Ich bin Antonia Roth." Ich gebe ihr die Hand und habe wieder das Gefühl, als gleitet Wärme durch meinen Körper. Wir unterhalten uns über die geplante Fahrt. Was geplant ist und wo es hingehen soll. Außerdem erzähle ich, das wir sehr viel wandern werden und uns sehr viele Sehenswürdigkeiten anschauen wollen. Sie scheint sehr begeistert zu sein und sagte begeistert zu. Wir unterhalten uns noch eine ganze Weile und es ist, als würden wir uns bereits gut kennen.

Ich ziehe irgendwann unter dem Tisch meine Schuhe aus, weil meine Füße wieder furchtbar brannten. Ohne darauf zu achten, rieb ich meine Sohlen am Bein. Mir selbst fällt das nicht einmal auf. Doch Frau Roth schaute irgendwann unter den Tisch und fragte mich: „Was ist mit ihren Füßen?" Ich erkläre ihr, das ich manchmal warme Füße habe und das es vielleicht mit den falschen Schuhen zusammenhängt. Sie schaut mich skeptisch an, sagt aber nichts. Wir besprechen, da schon in einigen Tagen die Klassenfahrt losgeht, die Daten für die Reise per Mail zu übersenden. Dann gehen wir getrennte Wege.

Zwei Wochen später steht dann die große Klassenfahrt an. Zur Abfahrt am Bahnhof sind alle pünktlich erschienen und so können wir unsere mehrstündige Fahrt antreten. Kurz nach dem Start, beschließen wir Frauen zum „DU" überzugehen, das macht alles leichter. Außerdem fühle ich mich in ihrer Gegenwart ungewohnt gut, fast wie bei Adam am Anfang. Antonia und ich sind ein gutes Team, sodass jedes Umsteigen mit der ganzen Bande wunderbar funktioniert. Wir bekommen alle Anschlusszüge und haben alle Kids dabei.

Wir quatschen, als wären wir auf Klassenfahrt oder zumindest alte Freunde, die sich seit langer langer Zeit nicht gesehen haben und sich nun viel zu erzählen haben. Zwischendurch muss ich wieder meine Schuhe ausziehen, weil sie so sehr brennen. Wieder schaut Antonia meine Füße an, als ich diese aneinander reibe. Doch jetzt sagt sie nichts. Als wir am Ziel unserer Reise sind, beziehen alle ihre Zimmer. Natürlich übernachten wir beiden Frauen auch zusammen. Wir gehen noch in die Unterkünfte der Schüler, helfen beim Betten beziehen oder Koffer verstauen. Mit allen zusammen ziehen wir dann durch die Jugendherberge um uns die Essensräume anzusehen und die Duschen und Toiletten zu inspizieren. Diese Herberge war schon ziemlich modern. Die sanitären Anlagen waren tip top und die Zimmer modern und fröhlich. Jeden Tag unternehmen wir Touren und lange Märsche. So sind am Abend fast alle – auch wir Erwachsenen – wirklich erschöpft.

Trotzdem sind wir bis spät in die Nacht wach und müssen Wache schieben, weil immer wieder die Jungs versuchen zu den Mädchen zu schleichen. Dies war eine 9. Klasse, da war Vorsicht geboten. Antonia und ich sitzen auf dem Flur in einer gemütlichen Sitzecke und unterhalten uns wieder. Ob es an der Erschöpfung liegt oder einfach am Vertrauen zu Antonia, kann ich nicht sagen. Aber ich fange an, ihr in dieser Nacht einiges aus meinem Leben zu erzählen. Ich erzähle ihr von Adam und Mark und wie ich beide kennengelernt habe.

Auch sie erzählt mir viel von sich. Das sie Heilpraktikerin und Heilerin ist, Aufstellungen macht und das sie kein Glück mit Männern hat. Als ich sie frage, was sie damit meint, antwortet sie: „Die meisten können meinen Beruf nicht verstehen oder zumindest akzeptieren. Dann harmoniert es einfach nicht. Ich brauche einen Mann, der stark ist und mich mental auffangen kann. Das was ich mache, ist anstrengend. Das ist nicht einfach, aber der richtige wird schon irgendwo auftauchen." Dabei lächelt sie etwas schief. Um das Thema zu wechseln fragt sie mich nach meinen Füßen. Warum dieses Brennen häufig auftaucht. Ich antworte, das es an den Schuhen liegen wird, doch sie schaut mich skeptisch an. Dann erzählt mir Antonia: „Ich glaube ich kann das behandeln. Wenn wir wieder zuhause sind, kommst du mich besuchen, dann werde ich dir das weg machen". Ich nicke. Dann fragt sie: „Bedrückt dich etwas? Du siehst aus, als würde dir ein Gespenst auf dem Bauch sitzen". Da hatte sie nicht ganz unrecht. Es war in etwa die Zeit, in der meine Regelblutung kommen wird. Und wie immer hoffe ich, dass sie dieses Mal ausbleibt, obgleich ich weiß, dass das nicht passieren wird. Nach einigem Hin und Her erzähle ich ihr dann von meinem Kinderwunsch und auch, warum ich so sehnlichst ein Kind haben möchte. Ich redete mir die Probleme mit Mark vom Herzen und den häufigen Streit, den wir in letzter Zeit so oft haben. Mir laufen Tränen über das Gesicht, ohne dass ich es merke.

Antonia nimmt mich in den Arm und sagt: „Das sind Tränen aus Erschöpfung. Leg dich ins Bett. Ich gehe noch einmal nach dem Rechten sehen. Wenn wir wieder zuhause sind, werde ich dich behandeln und dir wird es viel besser gehen."

Ich bin so dankbar für das Angebot und lege mich dankbar hin. In dieser Nacht träume ich von einem Besuch im Krankenhaus. Doch nicht ich liege dort, sondern ich besuche Mark. Er liegt im Bett und hat einen Babybauch. Ich werde schweißgebadet wach und liege eine Zeit wach. Sollte ich zuhause anrufen und fragen, ob es Mark gut geht? Ich versuche am nächsten Morgen ihn zu erreichen, doch wie immer geht nur seine Mailbox ran. Das besprechen dieses Kastens fällt mir schwer, so sage ich nur schnell: „Hallo Schatz, wir sind gut angekommen. Kannst dich ja mal melden, wenn Du Zeit hast." Aber er meldet sich nicht ein einziges Mal....

Es ist schon komisch, aber Antonia ist die erste weibliche Vertraute, die ich habe. Ich hatte nie eine beste Freundin, keine BFF, wie die Kids an der Schule das heute sagen. Ich hatte immer Adam...Aber bei Antonia ist es so einfach. Ich habe das Gefühl, ich kann ihr vollkommen vertrauen, als wenn sie manchmal weiß, was in mir vorgeht. Ich wundere mich über mich selbst, als mir klar wird, was ich Antonia alles anvertraut habe. Je länger ich gesprochen habe, je mehr fiel mir ein. Sachen, die mich stören und ärgern, die ich jedoch seit Jahren hinnehme. Jetzt bin ich erschöpft. Vom Reden, vom Denken und vom Weinen. Ich habe so viel geweint, dass ich mich richtig leicht fühle. Ich habe mir die Steine von der Seele geredet.

Die Klassenfahrt nimmt ihren weiteren Lauf. Morgens frühstücken, dann wandern, Sehenswürdigkeiten anschauen, Lunchpaket aus der Herberge essen, wieder wandern. Wieder zurück werden Spiele gespielt, Pärchen haben sich gefunden und wir Betreuer müssen aufpassen, das außer turteln nicht mehr passiert. Wenn die Kids endlich zur Ruhe gekommen sind, haben wir uns unterhalten. Auch Antonia war froh, jemanden zum Sprechen zu haben. Sie hatte es in ihrem Leben auch nicht immer leicht.

Bereits in ihrer Kindheit stellt sie fest, dass sie bestimmt Sachen fühlen kann. Gemütszustände bei Erwachsenen sind da noch das normalste. Wenn sie versucht hat, die „großen Leute" zu fragen, haben sie alle als aufdringliches Kind fortgeschickt. Sie konnte Spannungen zwischen Menschen schon früh erkennen und hat immer versucht, eine Klärung zu finden. Aber Erwachsene wollen das oft nicht, und erst recht nicht, vor einer Jugendlichen. Und auch später hat sie ihre Probleme mit anderen Menschen, besonders mit Männern, wie sie immer wieder erzählt.

Auch gesundheitlich hat sie einiges zu bedenken. Kleinere Probleme hat wohl jeder, aber die Kopfschmerzen sind an einem Tag so schlimm, das Antonia uns nicht bei den Ausflügen begleiten kann. Laut ihren Erzählungen hat sie spezielle Schmerzmittel genommen und sich schlafen gelegt. Als wir von unserem Ausflug zurück sind, ist es bereits später Nachmittag und ich schaue als erstes in unserem Zimmer nach Antonia. Sie liegt noch immer im Bett und schläft tief und fest. Vorsichtig wecke ich sie und bin entsetzt, wie bleich grünlich ihr Gesicht ist und wie trüb ihre Augen sind. Sie erzählt mir nur, das sie nicht kann und schlafen muss, doch ich zwinge sie, zumindest einen Schluck Wasser zu trinken. Als sie den ersten Schluck genommen hat, setzt sie sich auf und trinkt und trinkt, bis fast die ganze Flasche leer ist. Die Klassenfahrt geht langsam zu Ende.

Die ersten Pärchen haben sich wieder getrennt, eine ganz normale Fahrt also. Ich freue ich auf mein Zuhause und auf Mark. Entsprechend traurig bin ich, als ich auf der Rückfahrt eine SMS bekomme: Kann dich nicht abholen, Notfall. Meine Enttäuschung steht mir wohl ins Gesicht geschrieben, denn Antonia legt die Hand auf meinen Arm und fragt: „Ist alles in Ordnung?" Wortlos zeige ich ihr die SMS. Sofort setzt sie ein Lächeln auf und sagt: „Das ist doch kein Problem, ich bring dich nach Hause!" Aber ihre Augen sehen traurig aus. Nicht mitleidig, sondern traurig, denn sie weiß, was ich fühle. Wir verteilen alle Schüler an die Eltern, verteilen Koffer und tragen Jacken und Schuhe hinterher, bis auch wir unsere Sachen nehmen und damit zu Antonias Auto gehen.

Zuhause angekommen nimmt Tonia einen Teil meines Gepäcks und wir gehen ins Haus. Sie ist sichtlich beeindruckt und schaut sich um: „Eve, dieses Haus ist wirklich ein Traum. Ich hatte mir etwas anderes vorgestellt." Wir setzen uns in die Küche und trinken einen Tee. „Was hattest Du erwartet?" frage ich gespannt. Sie überlegt eine Zeit und sagt dann: „Ich weiß nicht genau, aber dieses Haus ist so groß und modern. Ich hatte eher etwas Romantisches erwartet." Ich lache kurz und sage: „Ja, das ist mehr Marks Haus. Er hat alles ausgesucht. Aber es passt ja auch alles schön zusammen." Antonia sagt nichts, und schaut mich nur an. Das was ich gesagt habe, stimmt zwar, hört sich aber in meinen eigenen Ohren entsetzlich an. Sie schaut in ihre Tasse und sagt leise: „ Du reibst deine Füße wieder. Brennen sie schon wieder? Erst da wird mir bewusst, dass ich meine Schuhe abgestreift habe und meine Fußsohlen auf den glatten Fliesen hin und her schiebe. Sie setzt ihr Lächeln auf und sagt aufmunternd: „Wenn Du möchtest, kann ich das behandeln. Komm mich besuchen, wann du willst, meine Nummer hast du ja." Sie steht auf und geht Richtung Haustür. Ich folge ihr auf Socken. Am Eingang nimmt sie mich lange in den Arm und murmelt leise: „Schön, das es dich gibt." Dann dreht sie sich um, setzt sich ins Auto und fährt davon.

Der Alltag hat mich schnell wieder. Ich gehe zur Schule, Mark rettet die Welt. Er hat sich noch nicht einmal erkundigt, wie die Fahrt war. Vielleicht hat er nicht einmal gemerkt, dass ich fort war?! Er redet von den schweren Fällen, den spektakulären Operationen, von „unfähigen" Kollegen oder denen, die Affären haben und welche Patienten am undankbarsten sind. Ich versuche an den richtigen Stellen zu nicken und lache über den einen oder anderen

Scherz, sodass Mark nicht bemerkt, das mich das alles nicht besonders interessiert und ich mit den Gedanken ganz weit weg bin. Mir geht vieles, was Antonia gesagt hat nicht mehr aus dem Kopf. Die Bemerkung über unser Haus war sicher nicht böse gemeint, aber sie stimmt total. Ich lebe in einem Kühlhaus, alles ist weiß und steril. Statt zu wischen, könnte man alles mit einem Hochdruckreiniger abspritzen. Alles besteht aus Metall und Glas. Das einzige, was ich mir in diesem Haus wirklich gewünscht hatte, war ein gemütlicher Ohrensessel, in den ich mich kuscheln kann. Aber Mark meinte: „Du würdest dir glatt ein mottenzerfressenes Teil andrehen lassen. Das passt nicht in das Haus." Und dann hat er ein supermodernes Ledersofa gekauft. Sieht schick aus, ist aber hart wie Holz. Darauf schlafen kann man jedenfalls nicht. Grad erzählt Mark von seinen Eltern und einem Treffen mit Ihnen, aber ich bin nicht richtig bei der Sache. Er wirft mir einen eiskalten Blick zu:" Der Termin mit meinen Eltern! Schreib ihn auf!! Das ist wichtig!"

Als er wieder in die Küche kommt, hat er seine Jacke an und die Sporttasche in der Hand. Er gibt mir einen Kuss auf die Haare und säuselt mir ins Ohr:" Gewöhn dir bitte dieses zappeln mit den Füßen ab, das ist schrecklich nervig!" Erst jetzt merke ich, dass meine Sohlen wieder unerträglich brennen und ich auf den kalten Fliesen nach kalten Stellen suche. Dafür sind die Dinger wirklich klasse.

Mark hat das Haus verlassen und ich suche nach dem Telefon und nach Antonias Nummer. Sie geht schnell ans Telefon und ich freue mich, ihre fröhliche Stimme zu hören. Wir quatschen sofort drauflos bis sie mich nach einiger Zeit fragt, ob ich etwas auf dem Herzen habe. Ich frage also nach einem Termin, erzähle aber nicht, das Mark mich zu diesem Termin gedrängt hat, sondern behaupte, das mich diese heißen Füße sehr nerven. Sie bietet mir ein Treffen am gleichen Nachmittag an. Das ist auch kein Problem, denn Mark ist bei der Arbeit und wird direkt zum Sport fahren. Er wird erst am späten Abend zurück sein. Ich beeile mich, denn ich muss auch zur Arbeit und habe den ganzen Tag wunderbare Laune, denn ich freue mich auf das Treffen mit Antonia. Als ich zu der angegebenen Adresse komme, erwartet mich ein uraltes Haus. Es sieht duster und gruselig aus. Irgendwie erinnert es mich an ein Hexenhaus. Das einzige, was das alte Ding wieder sympathisch macht, sind die vielen Blumen. An dem alten Holzzaun stehen Stock-rosen und Sonnenblumen, die bald anfangen zu blühen, Überall stehen Töpfe, mit Kräutern und Blumen. Die Namen kenne ich von den wenigsten, aber es schwirrt vor lauter Hummeln. Als ich durch das Tor gehe, ist es fast, wie in einer anderen Welt. In den kleinen Bäumen hängen Glockenspiele und Lämpchen, die aber noch nicht angesteckt sind. Ist ja noch hell. Auf einem alten Stuhl liegt eine Katze und schläft. Mit wackeligen Beinen mache ich mich auf und klopfe an die Tür. Es dauert eine ganze Zeit, als endlich die Tür aufgeht und Antonia vor mir steht. Sie begrüßt mich herzlich, nimmt mich in den Arm und sagt:" Hallo

Eve, es ist so schön, dass du da bist. Komm herein. "Das Haus ist auch von innen ziemlich alt, aber es wirkt fröhlich und gemütlich. Überall ist Holzfußboden verlegt und es liegen wunderschöne Teppiche darauf. Die Möbel sind ebenfalls ganz alt. Sie sind toll restauriert und passen hier einfach schön hin. Auf dem Sofa liegt eine Katze und schläft. In einem Schrank stehen viele Bücher. Aber keine Romane oder ähnliches, sondern über Kräuter, Engel und lauter solche Sachen. Antonia steht mittendrin und strahlt mich an, als wenn sie von Licht umgeben ist. „Na, wie gefällt dir unser Häuschen?" fragt sie. „Es ist sehr heimelig und romantisch. Das erwartet man gar nicht, wenn man es von außen sieht." sage ich und denke, dass das wohl ziemlich unhöflich war. Doch Antonia lacht und ruft: "Ja, von außen sieht es nicht grade einladend aus!"

Sie geht voran in einen anderen Raum. Hier sieht es ganz anders aus als in den anderen Zimmern. Es wirkt fast wie ein Behandlungsraum beim Masseur. Eine Liege steht darin, ein Schreibtisch und ein Schrank. Keine alten Sachen, sondern alles total modern. Genau wie die Tapeten und die Bilder. Wie aus der heutigen Zeit, während der Rest des Hauses in einer anderen Zeit stehengeblieben ist. Ich lege mich auf die Liege und sehe über mir eine Decke aus Sternen. Ich versuche mich zu entspannen, doch das ist nicht so einfach. Als wenn Antonia weiß, was in mir vorgeht, nimmt sie kurz meine Hand und sagt: „Versuche dich zu entspannen. Ich passe gut auf dich auf." Dann füllt sie eine Flüssigkeit in eine

Schale, darunter ist ein Teelicht. Es beginnt ganz leise Musik im Hintergrund zu spielen und ein wundervoller Duft verteilt sich im Raum. Ich atme tief ein und merke, wie der Geruch langsam in meine Nase steigt, sich der Sauerstoff in meiner Lungen verteilt. Das ausatmen geht langsam und sehr sehr lang. Es fühlt sich an, als würde mein Körper immer tiefer in die Matte einsinken. Sie gleitet mit beiden Händen über meinen Körper, berührt mich nicht, aber dort, wo sie entlang fährt kribbelt es und wird ganz warm.

Ich schließe die Augen und entspanne mich mehr und mehr. Antonia murmelt etwas. Als sie bei meinem Bauch mit den Händen verweilt und diese sogar kurz ablegt, beginnt etwas aus mir zu knurren und zu brummeln. Wir müssen beide lachen und sie fragt: "Na, was gab es denn bei euch zu essen?" Doch dann ist sie wieder ernst und schließt die Augen.

Sie wartet meine Antwort nicht ab und bewegt die Hände weiter nach unten. Nur ein kleines Stück. Mein Unterleib nimmt die Wärme ihrer Hände sofort auf. Sie fährt mit den Händen an den Beinen herunter. Unten angekommen, beginnen meine Fußsohlen zu brennen wie Feuer. Ich versuche die Hitze abzuschütteln und bewege die Füße. Als das Brennen stärker wird und ich gerade aufschreien will, ist es vorbei und sie fragt mich: „Was ist los?" „Meine Füße haben grad gebrannt wie Feuer. Es war unerträglich. Was war das und was hat es zu bedeuten?"

Sie zögert einen Moment und sagt: "Es ist etwas geschehen in einem vorherigen Leben. Ich habe das schon einige Male erlebt, aber noch nie so intensiv, wie bei Dir." Sie scheint etwas besorgt zu sein. Auf mein Drängen und Fragen antwortet sie irgendwann: „Komm mit, wir trinken einen Tee zusammen. Das ist nicht so einfach zu erklären. Vermutlich hältst du mich gleich für verrückt." Sie steht auf, bläst die Kerze aus, stoppt die Musik und hilft mir von der Liege.

In der Küche wartet ein altes gemütliches Sofa mit vielen Kissen auf uns. Wir kuscheln uns ein und haben beide eine Tasse mit einer warmen Kräutermischung vor uns stehen, als sie beginnt zu erzählen: „Willst Du diese Geschichte erfahren und deinen Frieden darin finden? Es wird nicht einfach werden und du wirst dich fühlen, als wäre alles real. Danach sind einige Beschwerden fort oder zumindest weiß ich dann, wie ich sie behandeln kann."

„Wie muss man sich das vorstellen. Wirst du Hypnose anwenden?" frage ich vorsichtig. Doch sie schüttelt den Kopf: „Nein, es ist mehr wie ein meditativer Zustand. Du wirst in ein früheres Leben zurückgehen und schauen, was dort passiert ist, was die brennenden Füße verursacht hat. Danach erzählst du mir, was du erlebt hast und was du wahrgenommen hast und dann wissen wir, was die nächsten Behandlungsschritte sind."

„Kannst du damit alle Beschwerden heilen?" frage ich vorsichtig und denke dabei an meinen Kinderwunsch, aber auch an Adam und seine ewigen Kopfschmerzen.

Antonia nickt und antwortet: "Ja, grundsätzlich kann man alles heilen, die meisten Menschen glauben nur nicht, das es funktioniert. Es ist nicht einfach, alte seelische Wunden anzuschauen, denn man durchlebt die alte schmerzvolle Situation ja noch einmal. Es ist für viele einfacher, Schmerzmittel zu nehmen, als sich wirklich mit dem Körper oder gar der Seele zu befassen. Und ich muss zugeben, es ist auch nicht immer leicht. Ich habe einmal diese Behandlungsmethode für mich gewählt und war danach fix und fertig. Damals wusste ich nicht, ob ich das jemals wieder machen würde. Erst mehrere Wochen später, als die Ärzte feststellten, das alles weg ist, war ich mir sicher, den richtigen Weg eingeschlagen zu haben." Das klingt sehr gut, aber auch etwas geheimnisvoll. Ich traue mich nicht, sie zu fragen, was die Beschwerden waren. Vielleicht wird sie mir das irgendwann erzählen. Antonia wartet geduldig und trinkt ihren Tee. Sie bietet mir von den kleinen Kugeln, die in einer Kristallschale stehen, an und ich genieße die süße Köstlichkeit, die innen ganz weich und süß ist und außen eine feste schwarze Schokoladenschale hat. Als mein Mund die wundervolle Schoko-Kreation bewältigt hat, sage ich zu Antonia: „Gut, ich vertraue dir. Wenn du sagst, es ist die richtige Art um das Problem zu beheben, werden wir es machen. Wollen wir einen neuen Termin ausmachen?" Doch sie schüttelt den Kopf. „Nein, wir machen es sofort, ich habe Zeit und dann wissen wir, woran wir sind." Also trinken wir den Tee aus und auf ihren ausdrücklichen Rat, gehe ich noch einmal auf die Toilette.

Eine andere Welt – ein anderes ICH

Wir treffen uns in ihrem Behandlungszimmer und ich begebe mich auf die Liege. Dieses Mal ist keine Musik im Hintergrund an und auch der Duft fehlt. Mit ruhigen Worten redet sie auf mich ein und beginnt mit den Händen über meinen Körper zu fahren. Ich schließe die Augen. Antonia murmelt etwas vor sich hin. Es klingt beruhigend, monoton und ich merke, wie ich einschlafe. Ich träume und sehe einen ganz entsetzlichen Raum. Die Wände sind ganz schwarz und es riecht schrecklich. Als hätten mehrere Penner in eine Bahnhofsunter-führung gepinkelt. Durch ein kleines Fenster ziemlich weit oben fällt etwas Licht herein. Jetzt erkenne ich, dass ich nicht alleine in dem Raum bin.

Eine Frau liegt auf dem Boden. Sie hat ganz schrecklich dreckige Lumpen und die Haare stehen vor Dreck. Der ganze Körper ist eigentlich schwarz, so dreckig ist diese Frau. Die Haare stehen filzig vom Kopf ab. Als ich meine Hand strecke um die Frau zu berühren sehe ich, dass meine Hand ebenfalls saumäßig aussieht. Die Nägel kann man unter einer Schicht Dreck nur erahnen, die Finger sind schwarz. Mein Kopf juckt furchtbar. Als ich mir an den Kopf fassen will, um mich zu kratzen, schrecke ich zurück. Es fühlt sich an, als hätte ich alte Schafwolle statt Haare. Nur viel viel länger. Aber es juckt so schrecklich, das ich einfach kratzen muss!!! Die Schicht, die ich mir von meiner Kopfhaut kratze, könnte ebenfalls Dreck sein, jedenfalls bröselt einiges vom Kopf herunter. Und jetzt juckt es auch an meinen Beinen. Als an mir herabsehe, erkenne ich, dass meine Beine mit Stichen übersäht sind. Vermutlich von Flöhen oder Läusen, oder beidem! Ich muss mich schütteln vor Ekel. Jetzt fällt mir die Frau wieder ein und ich krabbele dichter an sie heran. Nach den Kleidern zu urteilen und so, wie es hier aussieht, erinnert mich das ganze an einen Film von Robin Hood, wo jemand im Kerker sitzt.

Ich muss etwas grinsen. Aber was tue ich hier? Geht meine Phantasie mit mir durch?? Ich muss diese Frau fragen, was sie weiß. Als ich an der Fremden rüttele, gibt sie stöhnende Laute von sich. Neben ihrem Kopf ist eine Blutlache erkennbar. Ich sehe eine verkrustete Stelle am Kopf der Frau. Langsam und unter stöhnen versucht sie den Kopf zu heben. Sie muss starke Schmerzen haben. Sie hebt die Hand an die Stirn, die andere braucht sie um sich aufzusetzen. Als ich ihr Gesicht sehen kann, bekomme ich einen Schreck.

Da neben mir sitzt Antonia. Sie sieht sehr mitgenommen aus und hat starke Schmerzen. Irgendwie freue ich mich, nicht allein an diesem düsteren Ort zu sein, aber die Verletzung am Kopf macht mir echt Sorgen. Ich berühre sie. "Hey, ist alles okay?" frage ich. Doch sie schaut mich mit traurigen Augen an und antwortet: "Wir werden bald sterben! Was ist daran in Ordnung?" Ich bin nicht nur darüber geschockt was sie gesagt hat, sondern **wie** sie es gesagt hat. Eine Tatsache, die einem über ihre Endgültigkeit schwindelig werden lässt. Bevor ich sie noch weiteres fragen kann, geht mit einem Krachen die Tür auf. Ein riesiger Kerl steht in der Tür. Er hat nur eine Hose an aus Leder oder speckigem Stoff. Der Oberkörper ist frei von Kleidern, dafür über und über mit Haaren bedeckt. Er hat lange Haare, die hinten zusammengebunden sind. Wieder muss ich an einen alten Film denken und beginne zu schmunzeln. Da dröhnt der Riese: "Das lachen wird dir noch vergehen du Hexe!"

Er greift mit seinen riesigen Händen in meine und Antonias Haare und reißt uns nach oben. Wir jammern und versuchen uns an seinen Armen festzuhalten, damit er uns nicht die ganzen Büschel ausreißt. Da dreht er sich schon herum und schleift uns hinter sich her. Wir haben Mühe, hinter ihm herzukommen und auf den Beinen zu bleiben. Unser wimmern scheint ihn nicht zu stören. Er poltert mit uns einige Stufen hoch. Wir schlagen gegen raue Wände und harte Stufen. Doch dieser Wüstling nimmt keine Rücksicht. Als die Stufen enden, buxiert er uns durch einen hohen Raum. Auch hier sieht es aus, wie in einer anderen Zeit. Das Tor am Ende des Raumes wird aufgestoßen und Lärm dringt zu uns durch. Der schreckliche Kerl gibt uns einen tüchtigen Schubs und wir fliegen durch die Tür nach draußen auf eine Holzbühne.

Um uns herum stehen unglaublich viele Menschen. Sie sehen zornig aus. Alle sind in Lumpen gekleidet. Sie bewerfen uns mit etwas und spucken uns an. Alle schreien und drohen mit Fäusten. Warum sind bloß alle so wütend auf uns? Was haben wir bloß getan? Da tritt ein anderer Mann auf das Podest. Er ist viel besser gekleidet als alle anderen. Die Menge beruhigt sich und schaut zum Podest herauf. Der Mann hält ein Pergament in der Hand und beginnt laut zu lesen: „Der Rat hat folgendes Urteil beschlossen: Die Tochter des Schmieds – Eufemia – ist eine Hexe und soll verbrannt werden. "Die Menschen jubeln und klatschen und ich frage mich noch, wer diese arme Eufemia ist, da packt mich der Riesenkerl und schleppt mich zu einem Pfahl. Er bindet meine Hände hinter dem Holzstamm. Ich werde mit Steinen beworfen und auch Eier und andere Sachen fliegen zu mir. Währenddessen liest der andere Mann weiter: „ Sie hat mit ihrer Hexenkunst den jungen Grafen Johannes gefügig gemacht und ihm Hexensaft gegeben." Die Menschenmenge johlt wieder und ich sehe, dass viele nicken.

„Die Heilerin Amelie ist der Hexerei und des Mordes schuldig. Sie hat das genannte Elexier angemischt und damit auch die Frau des Schmieds und ihr Kind getötet. Ihr wird der Kopf abgeschlagen und dann verbrannt!" Die Menschen jubeln erneut, Antonia beginnt zu schreien und fällt auf die Knie. Also muss ihr Name hier Amelie sein. Das alles kann doch nur ein Scherz sein oder ein Traum. Werde ich bald wach??? Die Menge johlt und gröhlt. Der schmierige Kerl packt jetzt Antonia / Amelie an den Haaren. Er wirft sie vor einen Holzklotz und drückt ihren Kopf herunter, bis er flach auf dem Holz liegt. Der Mann mit dem Pergament ruft über die Menge hinweg: „Hexe und Mörderin du wirst durch das Beil sterben!" In diesem Moment schlug der Riese mit einer extra großen Axt zu und trennte den Kopf vom Körper ab. Ich konnte nur schreien und versuchte mich loszureißen. Meine Stimme wurde jetzt kreischend hell. Der Henker griff mit der einen Hand nach dem Arm der toten Antonia, die andere Hand riss an den Haaren den Kopf nach oben. Er schleuderte beides auf die Plattform auf der ich stand. Das Blut spritzte mir bis an den Hals und ich hatte Mühe nicht zu kotzen. Die Menschen jubelten und feierten. Ich schrie.....Dann traten Männer mit brennenden Fackeln zu Plattform und bald stand alles in Flammen. Ich schrie und weinte und versuchte mich loszureißen, aber natürlich war ich fest verschnürt.

Das letzte was ich sah, war mein Adam, der versucht auf die Plattform zu kommen. Er weinte und schrie etwas. Doch durch den anderen Lärm konnte ich ihn nicht verstehen. Dann waren die Flammen da und meine Füße begannen zu brennen. Ich schloss die Augen und spürte das brennen an den Füßen......dann verliere ich das Bewusstsein.
Ich nehme etwas wahr. Es ist ruhig um mich herum. Der Untergrund ist weich und warm. Bin ich tot und

im Himmel? Vorsichtig öffne ich die Augen. Ich liege bei Antonia auf der Liege. Sie sitzt neben mir auf einem Stuhl. Sie hat den Kopf in die Hände gelegt. Ich lege meine Hand auf ihre und fahre erschrocken zurück. Ihre Hand ist eiskalt, während meine heiß ist. Da merke ich, dass mein Kopf glüht. Meine Haare sind nassgeschwitzt. Antonia lässt den Kopf in den Händen und schaut mich nicht an, als sie fragt: „ Was ist bloß geschehen? Mein Kopf bricht gleich auseinander. Noch nie habe ich eine so anstrengende Behandlung gehabt."

Das kann ich mir vorstellen. Ich setze mich langsam auf und fange an zu erzählen: „Du warst ebenfalls dort. Wir beide wurden zusammen in einem Kerker gefangen gehalten. Wir beide wurden wegen Hexerei angeklagt und verbrannt. Dir wurde vorher der Kopf abgeschlagen, weil du auch wegen einer weiteren Tat für schuldig erklärt wurdest." Ich erzählte ihr die ganze Geschichte, denn sie sah wirklich entsetzt aus. Als ich meinen Bericht kurz unterbrach, war ihr einziger Kommentar: „Da ist es kein Wunder, wenn ich solche Kopfschmerzen bekomme!" Wir beide müssen etwas grinsen, aber die ganze Geschichte war so real, als hätte ich wirklich all dies erlebt. Wirklich lustig war dieses Erlebnis nicht. Auch bei Antonia ist kein Grinsen mehr zu finden. Sie schaut mich mit angstvollem Gesicht an und fragt: "Ich war wirklich dabei, bist du sicher? "Ich nicke und erzähle ihr jetzt auch von Adam, der dort war. Was sie dann sagt, bringt mich etwas aus der

Fassung: "Ruf Adam an und frag ihn, wie es ihm geht! Schnell!"

Ich klettere von der Bank und hole mein Handy aus der Tasche. Als Adam sich meldet, weiß ich sofort, dass es ihm ganz schlecht geht. Adam ist eigentlich ein fröhlicher Mensch, aber ab und zu hat er seine „Depri-Tage". Dann könnte er den ganzen Tag heulen. So ein Tag ist heute. „Adam, ist alles okay? Du hörst dich gar nicht gut an.". Erwartungsgemäß antwortet er: "Eigentlich war heute ein echt schöner Tag. Heute Morgen habe ich noch mit einem Lieferanten geflirtet und plötzlich heute Nachmittag überkam mich das heulende Elend." Ich hatte den Lautsprecher angestellt, damit Antonia mithören konnte. Ohne mich anzuschauen sagte sie: "Er muss sofort her-kommen." Ich frage Adam, ob er fahren kann. Er sagt zu, sofort zu kommen. Als er bei Antonia ankommt, erzählen wir erneut die ganze Geschichte. Für mich fühlte es sich ja tatsächlich an, als hätte ich das alles so erlebt. Daher kann ich Adam alles haarklein erzählen. Wie immer kann er sich sehr gut in meine Situation versetzen. Wie Adam nun einmal ist, schafft er es sogar, das Ganze noch zu dramatisieren. Er hat halt einen Hang zum theatralischen...

Und dann fängt Antonia an, alles zu erklären:" Eve, das ist dir wirklich passiert. In einem früheren Leben. Ich habe solche Sachen bereits mehrfach erlebt bei Patienten.

Ich selbst habe auch schon ein „altes" Leben aufgesucht und verändert. Man kann sich das Schicksal anschauen und weiß dann, warum man bestimmte Leiden hat. Ein Beispiel dafür war ein Patient, der im Krieg eine Verletzung erlitten hat. Das war in einem frühen Leben. Im Heute hatte er starke Schmerzen im Bein, wusste aber nicht, warum. Bei der Sitzung hatte sich herausgestellt, dass er an dieser Stelle mit einem Schwert verletzt wurde und diese Wunde nie richtig versorgt wurde. Bei den meisten Menschen reichen einfache Maßnahmen. Bei dem Mann habe ich praktisch heute die alte Wunde versorgt und gepflegt. Er hat nie wieder Probleme gehabt. Aber hier ist das ganze schwieriger.

Noch nie habe ich es erlebt, dass ein bekanntes Gesicht aus dem jetzigen Leben in der vergangenen Zeit aufgetaucht ist. Und schon gar nicht, das ich mit dem Schicksal einer Patientin so stark verbunden bin." Wir schweigen eine Zeitlang und nach einer Zeit fragt Adam: „Moment. Heißt das, ich habe teilweise depressive Stimmungen, weil ich miterlebt habe, wie ihr vor mehreren hundert Jahren verbrannt wurdet?" Er fragt das, als wäre er ganz sicher, dass wir den Verstand verloren haben. Doch Antonia versucht es zu erklären.   „Ja. Es ist genauso. Eve hat dieses Brennen an den Füßen, weil sie verbrannt wurde. Ich habe sehr oft Kopfschmerzen, weil man mich enthauptet hat und du bist besonders schlecht gelaunt und sehr sehr traurig, weil du alles mit ansehen musstest und nicht helfen konntest. Vielleicht kannten wir uns in dem Leben schon und waren Freunde. Um herauszufinden, ob das echt was miteinander zu tun hat, sollten wir in den nächsten Tagen darauf achten, wann diese Beschwerden kommen und uns gegenseitig informieren." „Hey, Du hast gesagt, man kann das mit einer Behandlung erledigen. Dann mach etwas, damit es weg ist," sagte ich. Doch Antonia schüttelte den Kopf und sagte: „Das ist nicht so einfach. Wir müssen herausfinden, wie stark wir drei verbunden sind. Dann kann ich die Sitzung nicht leiten, da ich betroffen bin. Es gibt nicht sehr viele Menschen, die sich damit auskennen und uns helfen können. Ich muss erst jemanden finden. Ich selbst habe noch nie so eine starke Sache behandelt. Es ging meistens um Verletzungen, Betrug, alte Krankheiten und ähnliches. In keiner dieser Behandlungen wurde ein Mensch getötet." Sie bricht ab und schaut auf ihre Hände. Adam ist mittlerweile schneeweiß im Gesicht und fragt: „Was passiert in so einer Sitzung? Und was kann schlimmes geschehen?" Da nahm Antonia unsere Hände und sagte: "Wir müssen die Geschichte zum Guten ändern. Und wir müssen es zu dritt tun. Das heißt, wir müssen uns gut vorbereiten und herausfinden, wie eng wir vernetzt sein werden." Wir quatschen und spekulieren noch lange miteinander. Dann trennen wir uns. Jeder muss diese Story erst einmal verdauen und alles verarbeiten. Einen Monat später wollen wir uns erneut treffen und von Antonia erfahren, was sie herausgefunden hatte. Wenn einer von uns jedoch seine „Beschwerden" bekommt, dann wollen wir uns gegenseitig informieren und zwar umgehend.

In den nächsten Wochen hören wir nichts voneinander. In den ersten Tagen denke ich ständig an Antonia und Adam und wartete auf meine brennenden Füße. Doch es geschieht nichts. Doch nach circa 3 Wochen wache ich morgens mit extremen Bauchschmerzen im Unterbauch auf. Es dauert einige Zeit, bis ich verstehe, dass das nichts mit meinem monatlichen Zyklus zu tun hat. Ab und an hatte ich Bauchschmerzen. Jetzt frage mich gleich, was mir wohl in der Vergangenheit passiert ist?. Als ich mich ins Bad quäle, bekomme ich noch Kribbelhusten dazu. Aber nachdem ich geduscht habe und angezogen bin, geht es mir besser und ich sitze mit bester Laune am Küchentisch. Da Sonntag ist, hab ich mir nur ein Toast gemacht und sitze mit Kaffee und Zeitung da und genieße den Tag.

Zunächst bemerke ich nur ein Kribbeln in den Füßen und denke, sie wären eingeschlafen. Doch dann beginnen sie wärmer und wärmer zu werden, bis es tüchtig brennt. Sofort greife ich zum Handy und schreibe den anderen eine Nachricht:

MEINE FUSSSOHLEN BRENNEN !!!

Nachdem ich auf - SENDEN – gedrückt habe, piept mein Handy 2 x. Die erste war von Adam:

"SCHEISSTAG, KÖNNTE HEULEN!"

Die von Antonia lautete:

"MEIN KOPF ZERPLATZT!"

Es ist zwar noch sehr früh am Morgen, Aber ich greife meine Tasche und den Schlüssel und verlasse das Haus. Bei Antonia kommt auch Adam grade an. Er kommt sofort zu meinem Wagen und hält mir die Tür auf. Dann umarmen wir uns und halten uns fest, als hätten wir grade eine sehr schlechte Nachricht erhalten. Dann gehen wir gemeinsam ins Haus. Antonia hat uns bereits gesehen und hält uns die Tür auf. Adam folgt mir in die kleine Küche und wir nehmen auf dem Küchensofa Platz. Auf dem Tisch steht bereits Tee und die kleinen Kugeln und da ich noch nichts gegessen habe, genehmige ich mir gerne eine. Antonia gießt uns Tee ein und ich muss über Adams Gesicht etwas lachen, denn er ist der größte Kaffeetrinker, den ich kenne. Er möchte aber nicht unhöflich sein und trinkt vorsichtig von dem heißen Getränk. Ich erwarte, dass er das Gesicht verzieht, aber er scheint erstaunt zu sein und lehnt sich etwas entspannter in die Kissen. Antonia hat sich auf den Stuhl gesetzt und beginnt zu erzählen: "Jetzt wissen wir, dass wir in dem vorherigen Leben stark miteinander verbunden waren. Sehr stark, denn die Beschwerden tauchten zeitgleich bei uns allen auf." Wir nicken und hören ihr weiter zu. "Wir müssen in einer Sitzung in eine Art Trance gehen und Teile unseres früheren Lebens abändern, sodass wir nicht dieses entsetzliche Ende finden. "Da unterbricht Adam sie sofort: „Wie meinst du das? Unser Leben ändern?" „Wir befinden uns mehrere Stunden in diesem anderen Leben. Es fühlt sich so real an, als würde man dies alles wirklich erleben." Ich nicke!!! „Für uns sind es nur Stunden, wird sich jedoch anfühlen wie Wochen oder gar Monate."

Teilweise wie im Film, teilweise sehr wirklich. Nachdem was Eve erzählt hat, werden wir in einer Zeit, die dem Mittelalter ähnelt ankommen. Die Menschen leben ganz anders und wir müssen uns dort anpassen und erst die Umstände verstehen, warum man uns so brutal ermordet hat. Bevor es dazu kommt, müssen wir versuchen, die Geschichte zu verändern. Ich weiß aber nicht, ob wir uns da über die Verbindung so klar sind, wie hier. Es kann sein, das wir uns nicht mehr an das Jetzt erinnern können. Es ist auch möglich, das wir im früheren Leben Rivalen waren, oder ein Paar. Ich kann es nicht vorhersagen, denn eine so starke Geschichte, die mehrere Personen betrifft hatte ich noch nie.

Eve wird sich vermutlich an ihren Auftrag erinnern können, aber sicher kann ich das nicht sagen." Wir unterhalten uns noch lange über die Möglichkeiten, die wir haben und diskutierten die Risiken und Vorteile. Zwischendurch kommen Zweifel auf, ob wir diese Strapazen überhaupt auf uns nehmen sollen. Besonders Adam wurde immer unwohler. Aber natürlich war er auch neugierig, was uns erwarten wird. Und auch er wird vieles in Kauf nehmen, um seine Depressionen los zu werden. Aber eine Frage beschäftigt mich doch: „Eigentlich bin ich doch zu dir gekommen, weil ich ein Baby haben möchte. Warum ist das nicht das Thema? Oder kann das auch noch eine Rolle spielen?" Antonia sieht mich eine Zeit an, bevor sie antwortet: „Dein Unterleib mit all seinen Problemen ist einfach noch nicht dran. Vielleicht ist dies dein erstes Leben, das geändert werden muss. Es kann sein, das noch weitere zu verändern sind." Ich sehe wohl sehr erschrocken aus, denn Antonia versuchte mich gleich zu beruhigen: „Vielleicht klärt sich aber auch schon alles diesmal auf. "Es klingt nur wenig optimistisch und ich kann mir eine weitere Frage nicht verkneifen: „Wie oft hast du davon gehört?" „Für mich ist dies das zweite Mal. Ich habe von einer Frau gehört, die bereits fünf Mal diese Behandlung durchlaufen hat, doch es war alles ganz leicht zu ändern. Bei uns ist der Sachverhalt schon schwieriger." Das habe ich nicht erwartet.

„Ich habe vorhin, nachdem ich die SMS von Euch bekommen habe, eine Frau angerufen, die ich ausfindig gemacht habe und die eine solche Sitzung leiten kann. Sie muss gleich hier eintreffen. Ich hoffe, sie kann uns weitere Fragen beantworten. Sie kennt sich sehr gut mit Geistheilungen und ähnlichen Bereichen aus. Außerdem ist sie Therapeutin und macht Familienaufstellungen. „Wann werden wir den Schritt wagen?" frage ich.

Wir müssen einen gemeinsamen Termin finden, an dem alle für mehrere Tage weg können. Vera hat ein riesiges Haus mit mehreren Zimmern. Wir sollten allen sagen, wir fahren zusammen zu einem Seminar oder so. Dann können wir an einem Freitagabend bei Vera anreisen und am Samstagmorgen direkt mit dem Timeswitching beginnen. Das ist mit Vera so besprochen und war sogar ihre Idee. Wir sitzen also noch eine Zeit zusammen und trinken Kaffee. Antonia erzählt von ihrer Zeitreisen und das es ganz einfach war, die Vergangenheit zu ändern. Das aufregendste bisher war ein gebrochenes Bein, das verhindert werden musste. Dass das einfacher ist, als eine Hexenverbrennung und Enthauptung zu verhindern, hätten wir uns hier schon denken müssen. Aber wir sind zu aufgeregt und neugierig und etwas wie Kinder, die einen Streich aushecken. Dann ist Vera da und wir beginnen wieder zu erzählen.

Sie hört sich alles sehr geduldig an. Zwischendurch schließt sie die Augen und scheint über das erzählte nachzudenken. Als wir mit erzählen fertig sind, sagt sie: „Ich will euch nichts vormachen. Das wird sehr anstrengend für jeden von euch. Und es wird länger dauern, als ich zunächst vermutet hatte."

Adam fragt sofort: „Wie lange wird das dauern und wie werden wir in dieser Zeit versorgt? Das Thema „Toilette" ganz zu schweigen...." Er hat eine tuntige Stimmlage aufgesetzt, die alle Klischees erfüllt und jeden zum Grinsen bringt. Doch für mich ist es das Zeichen, dass er wirklich Stress hat.

Sie beginnt mit ruhiger Stimme zu erklären: „Ihr werdet in meinem Haus mehrere Möglichkeiten haben, um zu liegen. Da es sich um eine Zeit im Mittelalter handelt, werdet ihr Schlafplätze auf dem Boden haben, also Matratzen und Sitzsäcke. Es wird einen Tisch geben und eine Toilette. Ich werde jeden einzelnen in Hypnose setzen und zeigen, wie der Weg zum Esstisch oder die Toilette ist. Wenn ihr also in dieser „Zwischenwelt" eine Mahlzeit einnehmt, sitzt ihr an dem Tisch in meinem Haus und esst. Ich werde immer bei euch sein und euch beobachten. Es wird immer Essen für alle bereitstehen und ich passe auf, das keiner den Raum oder das Haus verlässt. Eine Mitarbeiterin übernimmt zwischendurch, damit ich mal duschen kann, oder sollte sich bei mir eine Situation ergeben, wo ich diesen Raum verlassen muss."

Ich frage: „Also kann es sein, das wir zufällig alle am gleichen Tisch sitzen und essen und in dieser anderen Welt befinden wir uns in unterschiedlichen Häusern?"

Vera nickt. „Ja, so kann man es sagen. Die meiste Zeit werdet ihr liegen und alles wie ein Traum erleben. Dieser besondere Zustand ist aber wichtig, damit ihr mit Lebensmitteln versorgt werden und die normalen Körperfunktionen erhalten bleiben. Ich denke, wir sprechen hier von mindestens zwei Wochen..."

Adam ist geschockt und macht große Augen und ich muss zugeben, dass ich auch sprachlos bin. Antonia findet als erste ihre Stimme wieder und meint: „Es sind doch bald Sommerferien. Da ist doch für euch beiden die beste Zeit. Wenn wir es direkt am Anfang machen, haben wir etwas Luft nach hinten. Ich kann mir solange frei nehmen, wie ich es brauche." Vera holt ihren Kalender und wir machen den Anfang der Sommerferien fest. Dann besprechen wir die Modalitäten und bekommen den nächsten Schock, denn diese Betreuung bei Tag und Nacht hat einen stolzen Preis.

Vera verlässt das Zimmer, damit wir uns besprechen können. Es ist für jeden von uns eine stattliche Summe, aber da wir durch drei teilen können, bekommt es jeder hin. Wir rufen unsere neue Leiterin wieder herein und besprechen den Rest.

So fahren wir alle wieder Richtung Heim. Zuhause wartet Mark bereits auf mich und er sieht nicht freundlich aus. „Wo warst du"? fährt er mich an. Ich erzähle von Adams schlechtem Zustand und das ich bei ihm geblieben bin. Da motzt er mich an: „Wir waren bei meinen Eltern zum Mittag eingeladen. Du verschwindest ohne etwas zu sagen und bist die ganze Zeit bei deinem tuntigen Freund.. Das Handy hast du wohl auch nur um seine Gespräche entgegen zu nehmen." Er ist wirklich wütend. Doch immer, wenn ich etwas sagen, mich entschuldigen will, unterbricht er mich. Irgendwann nimmt er seinen Schlüssel und verschwindet. In dieser Nacht kommt er nicht nach Hause....

Die nächsten Wochen verlaufen wie immer. Arbeiten, nach Hause, den Haushalt machen, Einkauf erledigen, kochen, Fernsehen, schlafen. Mark spricht nie mehr von dem Tag. Ich natürlich auch nicht. Wir sind nett und höflich zueinander. Mehr aber auch nicht.

Irgendwann erzähle ich von dem geplanten Seminar, das ich mit Antonia und das es vermutlich zwei Wochen dauern wird, das Ende aber offen ist, weil keiner genau sagen kann, wie die Fortschritte sind. Ich warte auf Rückfragen und hatte mir gedanklich schon eine ganze Geschichte ausgedacht, doch Mark ist nicht besonders interessiert, zumal das „sein Wochenende mit den Jungs" ist. Da wird er sich die ganze Zeit mit einer Horde Männer in einer Wohnung einsperren und Poker spielen, Alkohol trinken und rauchen. Zähneputzen und duschen wird keiner der Herren. Er fragt nicht, wohin oder mit wem ich wegfahren will. So brauche ich mir nichts ausdenken. Das passt mir ganz gut.

Der einzige Einwand ist: „Hauptsache, du vergisst den Termin mit meinen Eltern nicht. Sie wollen uns irgendetwas bekannt geben." Ich schüttel den Kopf, hab aber gar keine Ahnung, wann das Treffen mit seinen Eltern ist. Als er aus dem Haus ist, laufe ich in die Küche und schaue auf den großen Kalender. Er hat das Treffen selbstverständlich eingetragen und ich sehe, es ist fast genau zwei Wochen später.

Zur Sicherheit trage ich mein „Seminar" auch in den Kalender ein und mache sogar eine Notiz dazu: „Seminar-Ende ist offen!"

Unsere Reise beginnt

Wir treffen uns ganz früh bei Antonia. Adam habe ich bereits abgeholt. Antonia wirft eine kleine Tasche in den Kofferraum und los geht die Fahrt. Unterwegs sprechen wir nochmal über die Sachen, die uns beschäftigen. Adam hat große Bedenken, das er nicht weiß, was er zu tun hat. Er fürchtet, die ganze Geschichte zum Schlechteren zu verändern. Immer wieder fragt er nach, ob es denn „noch schlimmer" werden kann.

Irgendwann nach vielen Beruhigungsversuchen und guten Worten platzt mir der Kragen und ich schimpfe: „Meine Güte, Adam, wir werden hingerichtet. Was kann denn noch schlimmer sein?" Da ist er dann doch geschockt, entschuldigt sich kleinlaut und sagt die restliche Fahrt kein Wort mehr. Als wir einen Stopp einlegen um die Toiletten aufzusuchen und uns die Beine zu vertreten, nimmt er mich in den Arm und sagt: „Entschuldige, aber ich bin so aufgeregt. Du hast natürlich Recht. Wir schaffen das zusammen, wie immer." Dann lächelt er und wir setzen uns gemeinsam an einen Picknick-Tisch und essen unsere mitgebrachten Sachen. Dann gehen wir noch ein paar Meter über den Parkplatz und beschließen, weiter zu fahren.

Nach ca. 2 Stunden sind wir am Ziel. Das Haus ist geheimnisvoll. Es muss einmal ein prachtvolles Herrenhaus gewesen sein. Große Fenster lassen viel

Licht in die Zimmer. Die große Treppe zum Eingang des Hauses ist von gewaltigen Pfeilern gestützt. Doch vom ganzen Anwesen rieselt Farbe und Steine zu Boden. Die Fenster sind teilweise blind und im Garten stehen alte Obstbäume, die wie Ungeheuer aussehen. Überall blühen wilde Blumen und dazwischen stehen Rosen. An alten Metallgeländern sind Kletterrosen befestigt und im ganzen Garten stehen immer wieder Stockrosen. Der Garten blüht in den verschiedensten Farben und überall summt und brummt es. Eine große Holzbank steht halb verfallen unter einem alten Baum. Alles hier ist so harmonisch…

Wir steigen die Treppe hinauf und klopfen mit einem Eisenknauf an die Tür. Als sie aufgeht, steht Vera dort und begrüßt uns alle herzlich. Innen sieht es ganz anders aus, als erwartet. Gar nicht „Herrschaftlich", sondern so gemütlich wie bei Antonia.

Wir gehen in einen großen Raum, deren Fenster von der Decke bis zum Boden reichen. Die Sonne scheint herein und durchflutet den Raum. Riesige Vorhänge in schwerer Qualität hängen an den Seiten. Der Holzboden ist sehr alt, aber abgeschliffen und neu lackiert. Es stehen einige Stühle, Liegen und Kissen bereit. „Wie war die Fahrt?" fragt Vera. „Mögt ihr etwas essen und trinken? Ihr werdet eure Kräfte brauchen`" Wir alle sind hungrig und so stellen wir unsere Taschen ab und folgen Vera in die Küche. Die ist echt wie aus einem Film. Alte Utensilien hängen von den Wänden und der Decke, sogar ein alter Holz-Ofen zum Kochen steht noch da mit einem alten Topf darauf. An einem alten gemütlichen Tisch nehmen wir Platz. Gemeinsam essen wir und berichten von den letzten Tagen. Keiner von uns hatte seit dem vorherigen Treffen irgendwelche Beschwerden. Dann schlägt Vera vor: „Ich glaube, wir sollten beginnen. Wir wissen alle noch nicht, wie lange die Reise dauert und was euch erwartet." Wir sind einverstanden und gehen wieder in den großen Raum. Ich lege mich auf die Liege. Adam setzt sich neben mich auf einen Sessel und Antonia kuschelt sich auf mehrere Kissen auf einer großen Matratze.

Bevor Vera mit der Behandlung beginnt sagt sie: „Ich möchte euch noch folgendes mit auf die Reise geben: Überlegt genau, bevor ihr etwas sagt. Noch ist nicht klar, wie eure Namen dort sind. Ihr wisst noch nicht wie ihr zueinander steht. Es kann sogar sein, dass ihr euch nicht besonders mögt. Und seid vorsichtig, wem ihr von dieser Reise erzählt. Auch untereinander müsst ihr da vorsichtig sein. Als erstes bringt in Erfahrung wie ihr ausseht und wie alt ihr seid. Ein Spiegel oder ähnliches kann da hilfreich sein. Achtet auf die Menschen um euch herum und versucht euch so gut es geht anzupassen. Ihr dürft keinen Verdacht aufkommen lassen, sonst kann der Auftrag vielleicht nicht erfüllt werden. Ich wünsche euch viel Glück". Dann beginnt sie mit den Vorbereitungen. Als erstes geht sie zu Antonia und setzt diese in Hypnose, dann nimmt sie ihre Hand und bringt sie zum Esstisch. Dort bekommt sie einen Platz und Vera erklärt, dass es ihr eigener Sitz ist und sie zum Essen immer dorthin gehen wird. Dann nimmt sie wieder Antonias Hand und geht mir ihr in das Bad. Dort macht setzt sie sie wieder hin, jetzt auf die Toilette und sagt ein paar Worte dazu. Dann begleitet sie Antonia zu der ausgesuchten Liegefläche. Jetzt bin ich an der Reihe. Es fühlt sich an wie bei Antonia.

Schnell falle ich in eine Art Trance oder Schlaf, denn zunächst passiert nichts. Ich höre weiterhin Vera´s Worte, jedoch weit weg und leise, als würde sie Engel rufen und beten. Das Letzte was ich leise höre ist:

Jetzt sind alle Engel hier, die wir brauchen. Ich danke euch von ganzem Herzen, das ihr uns helft. Bitte nehmt alle Helfer mit auf die Reise, damit diese Menschen bestmöglich beschützt werden. Alle werden gesund von dieser Mission zurückkehren und jeder wird wichtiges aus seinem früheren Leben bereinigen oder verändern."

Mein anderes ICH

Als ich erwache, befinde ich mich in einer anderen Zeit. Ich liege wieder auf dem Boden. Doch jetzt ist es ein ganz kleines Zimmer. Ich schlafe vor einem wärmenden Feuer. Ich bemerke eine Gestalt hinter mir und drehe mich um. An mich geschmiegt liegt ein Junge. Er ist nicht mehr klein, sondern sieht aus, als wäre er 12 oder 13. Eine Frau steht an einem

Tisch und es sieht aus, als würde sie kneten. Draußen ist es noch finster. Als sie meine Bewegung bemerkt, dreht sie sich um. Sie scheint in meinem Alter zu sein.

„Guten Morgen, hast du gut geschlafen?" fragt sie in leisem Ton. Ich nicke und stehe vorsichtig auf, um den Jungen nicht zu wecken. „Du kannst mir helfen. Hol bitte Wasser herein," sagt die Frau und nickt in Richtung eines Eimers. Als ich aus dem Haus komme, ist es sehr kalt. Ich sehe keine Möglichkeit auf Toilette zu gehen, also hocke ich mich hinter einen Busch. Dann entdecke ich einen Brunnen. Ich hole Wasser heraus und bringe es ins Haus.

Der Eimer ist furchtbar schwer. Das hatte ich nicht erwartet. Im Haus zurück, wartet die Frau schon auf mich und nimmt mir den Eimer ab. „Geh schnell ans Feuer, du bist ganz kalt", sagt sie. Dann kommt aus einer dunklen Ecke ein Mann. Er ist groß und hat dunkle Haare. Er hat sehr breite Schultern und sieht besonders muskulös aus. Er geht zu der Frau und legt die riesig wirkenden Hände um ihre Taille. Die Frau schmiegt sich an ihn und sagt: "Guten Morgen. Hast du gut geschlafen, mein Lieber?" Der Mann lächelt und sagt: "Nachdem du mich gelassen hast, habe ich gut geschlafen. Jetzt habe ich Hunger und muss einem Bedürfnis folgen. "Dann gibt er der Frau einen Kuss auf den Kopf und geht nach draußen. „Komm Eufemia, deck den Tisch, Vater hat Hunger", sagt sie zu mir und ich bin sehr erstaunt, dass sie mich so anspricht. Sind das meine Eltern? Ich möchte zu gerne sehen, wie ich aussehe. Meine

Hände sind in diesem Licht nicht gut zu erkennen. Ob es hier einen Spiegel gibt? Der Tisch und die Stühle sind aus robustem Holz. An der Wand steht eine Kiste. Darauf stehen Schüsseln mit Messer und Löffel. Über dem Feuer hängt ein Topf mit Wasser. Ich stelle zu jedem Stuhl eine Schüssel, einen Löffel und lege in die Mitte des Tisches das Messer. Ich habe ja keine Ahnung, was zum Essen aufgedeckt werden soll.

„Femi, rühr bitte um". Ich nehme den großen Holzlöffel von der Kiste und gehe zum Feuer hinüber um zu rühren. In dem Wasser schwimmt noch etwas. Es ist körnig und das Wasser sieht dick-flüssiger aus. Wie Haferflocken oder andere Körner in Wasser. Zuhause esse ich oft Haferflocken mit Milch. Dazu Marmelade oder frische Früchte. Schön süß mit Honig! Aber mit Wasser?? Wie das wohl schmeckt? Trotz des Gedankens an das fade Essen, merke ich, das ich Hunger habe. Da rührt sich der Junge am Boden. Er schaut mich mit großen Augen an und strahlt. „Femia, kann ich helfen?" Und schon springt er auf und kommt zu mir herüber. „Soll ich noch Holz holen?" fragt er. Ich nicke und sage: „Ich komme mit." Meine Stimme ist ganz anders. Ich höre mich nicht jung an, aber jugendlich aber auch dunkel. Ich brauche dringend einen Spiegel. Der Junge hat sich eine Trage geholt und geht zum Ausgang. „Ich denke, du willst mir helfen." Aus einem kleinen Verschlag holen wir schnell einige Holzstücke und gehen wieder rein, denn es ist wirklich kalt. Da kommt auch der Mann wieder herein. Er grient und wuschelt mit seinen Händen durch unsere Haare. „Na, ihr beiden, habt ihr gut geschlafen? Ist das Essen fertig, ich habe solchen Hunger," sagt der Mann. Zur Frau gewandt sagt er: "Marie, heute ist Markt, da wartet viel Arbeit auf mich. Kann Femi mit mir kommen, oder soll sie hier helfen?" Die Frau schüttelt den Kopf:" Nein, sie sagt mir immer wieder, das sie dir lieber hilft. Sie kann mitgehen." Er nimmt mit seiner großen Hand den Topf vom Feuer und stellt ihn mitten auf den Tisch. Alle setzen sich auf die Stühle. Der freie Platz muss meiner sein. Schnell setze ich mich dorthin. Wir essen schweigend den Brei. Tatsächlich besteht er aus Haferflocken und Wasser. Er ist nicht besonders lecker. Aber ich habe solchen Hunger und das warme Essen tut gut. Als der Mann, der wohl mein Vater ist, aufgegessen hat, steht er auf und gibt der Mutter einen Kuss auf den Kopf. „Ich gehe zur Schmiede. Schick die Kinder später, damit sie mir Brot bringen", sagt er und wuschelt uns wieder durch die Haare. Dann geht er hinaus. Die Mutter sagte: „Eufemia, nimm die Teller mit und wasch sie. David soll mit dir gehen und die Teller nach Hause tragen. Danach kannst du Vater in der Schmiede helfen." Verdammt ich habe keine Ahnung, wo ich hinlaufen muss und so sage ich zu dem Jungen: „Geh du voran, ich trage die Sachen. David schaut mich skeptisch an und sagt: „Ich lasse doch nicht die schweren Sachen von einem Weib tragen." Dann fängt er an zu lachen, und rennt davon. Meine „Eltern" fangen an zu lachen und das Lachen von dem Mann ist wie ein

Donnern, so laut und schallend. „Willst du mich heute nicht jagen?" fragt der Junge, aber ich nehme alle Teile zum Abwaschen und gehe ihm langsam hinterher. Der Abwasch wird also vermutlich nicht am Haus gemacht. Langsam gehe ich hinter dem Jungen her. David läuft durch mehrere Gassen und Straßen. An einem großen Brunnen stehen bereits mehrere Frauen und reinigen Schalen und allerlei Kram. Da entdeckte ich ihn. An einer Hauswand gelehnt steht Adam und schaut zu mir herüber Er sieht sehr jung aus, hat das gleiche Gesicht wie zu unserer Schulzeit. Seine Kleidung ist für diese Umgebung sehr edel. Außerdem ist er sauber. Als er meinen Blick bemerkt, sieht er schnell auf seine Füße. Ich muss grinsen, denn schüchtern kenne ich Adam nicht. Er redet gleich offen und ehrlich auf jeden ein.

Jetzt muss ich noch herausfinden, ob er weiß wer ich bin und warum wir hier sind. Das würde mir wirklich weiterhelfen. Beim Waschen bemerke ich immer wieder seinen Blick, doch wenn ich hochschaue, wird er rot im Gesicht und schaut nach unten. Ich muss aber dringend mit ihm sprechen, daher gehe ich um den Brunnen herum und steuere direkt auf ihn zu. Als er mich bemerkt, nimmt er die Beine in die Hand und rennt davon.

Da gehe ich mal davon aus, das er keine Ahnung hat, warum wir zusammen hier sind. Oder besser: DAS wir zusammen hier sind. Ich stehe noch nachdenklich herum, als zwei Mädchen zu mir kommen.

Das eine sagt:" Na, Femi, hat dich dieser dumme Johannes wieder angeglotzt?" Sie sagt das in einem schrecklich abfälligen Ton. Ich weiß sofort, dass sie Adam meint. Also hier heißt er Johannes. Mir gefällt der Name. Das andere Mädchen sagt: „Der ist so sehr in dich verliebt, dass man es an der Ausbeulung seiner Hose sehen kann!" Und die beiden lachen los. Ich verstehe die Welt nicht. Adam/Johannes in mich verliebt?! Und ich auch in ihn? Oder nicht? Warum reden die Mädchen so gemein über ihn? Sind wir Freundinnen? Die große und hübschere der Mädchen sagt: „Was ist los? Bist du etwa auch in ihn verliebt?" und beide lachen wieder los. „In so einen Trottel....Es nützt ihm nichts, das seine Eltern reich sind. Der kann doch nicht mal richtig sprechen. Komm Eva, wir schauen, ob wir ihn noch finden. Dann fragen wir ihn nach der Beule in der Hose!" Ich vergesse total wo ich bin und fahre die beiden an: „Lasst ihn in Ruhe. Er hat doch nichts getan!" Oh nein, meine Stimme hört sich so bollernd an, wie die des riesigen Mannes.

Die beiden bleiben stehen und schauen erst verdutzt. Dann sagt die kleinere: „Femia, was ist los mit dir? Du ärgerst ihn sonst am schlimmsten von allen!" Die andere meint: „Du bist heute wirklich komisch. Hast du dein Herz für so einen Trottel entdeckt? Womöglich bist du ganz begeistert von der riesigen Beule in seiner Hose...."Und die beiden laufen lachend davon. Ich merke, wie ich rot werde. Alle um mich herum starren mich an. Ein jüngeres Mädchen kommt hinter einer Ecke hervor und schaut mich neugierig an. Sie sieht sehr selbstsicher aus. Sie ist gepflegt und sauber und wirkt arrogant. „Elisabeth und Eva haben Recht. Was ist heute anders. Du lässt doch sonst keine Gelegenheit aus, um Johannes zu demütigen, er hat richtig Angst vor dir. Heute hast du ihn aber nicht mit Hass in den Augen angeschaut. Angeschrien hast du ihn auch nicht. Ist das ein neuer Trick oder versuchst du nett zu sein?" sagt das Mädchen in selbstgefälligem Ton.

Da ertönt die Stimme von meinem Vater:" Femi, komm jetzt, ich kann die Arbeit nicht alleine schaffen!" Das Mädchen lacht hämisch:" Ein Mädchen, das Männerarbeit macht. Das ist doch nicht richtig. Kein Wunder, das du aussiehst wie ein Kerl." Dann ist sie wieder verschwunden. Ich trotte in die Richtung, in die der riesige Mann verschwunden ist, bis ich ihn vor einer alten Hütte entdecke. Er drückt mir ein riesiges Metall-Ding in die Hand mit einem glühenden Gegenstand. Als ich ihn erwartungsvoll anschaue und auf eine Erklärung warte, das ich damit anfangen soll, bollert er mich an: „ Nun mach! Ins Wasser damit!" Ich renn los und halte den glühenden Brocken in den nächsten Eimer, es zischt und brodelt. Dann erst fällt mir auf, dass ich dieses schwere Metall-Teil ohne Schwierigkeiten heben konnte. Ich schaue auf meine Hände, sie sind dreckig und ganz schön riesig für ein Mädchen. Der Tag vergeht mit harter Arbeit, aber mir geht sie leicht von der Hand und ich fühle mich immer wohler. Wir arbeiten schweigend nebeneinander her, bis er irgendwann nur sagt:" Du bist fertig, geh Heim und hilf Mutter." David kommt mir entgegen gelaufen und fragt, ob er nichts mehr helfen kann, aber ich schüttel nur den Kopf. Wir gehen eine Weile nebeneinander her und fragt plötzlich: „Was hast du nur mit Barbara zu reden? Sie ist der Teufel in Person." Doch das einzige was ich antworten kann ist: „David, bin ich oft gemein zu anderen?" „Nein, eigentlich bist du sehr nett. Nur zu Hannes bist du scheußlich. Eigentlich ist der sehr nett und hilfsbereit. Du behandelst ihn aber wie Dreck. Fast so schlimm wie Barbara ihn behandelt. Da seid ihr euch wirklich sehr ähnlich. „Also findest du, ich bin der Teufel in Person?" „Wenn es um Johannes geht schon!" antwortet er und geht davon. Ich fühle mich schrecklich. Mein bester Freund ist hier und ich stelle fest, dass ich ihn mies behandele. Er hat sogar Angst vor mir. Das muss ich dringend in Ordnung bringen. Vielleicht ist das schon der ganze Auftrag. Ich muss nett zu Johannes sein und dafür sorgen, dass er Freunde hat. Dann ist sein Selbstvertrauen besser und wir können wieder nach Hause. Das hört sich einfach an.

Das wird aber schon schwierig genug. Denn ich will ja auch nicht von den anderen Mädchen mies behandelt werden. Ich bin sehr in Gedanken versunken und schaue nur auf den Weg vor meinen Füßen. Ich bemerke die Gestalt erst nicht, die an mir vorbeigeht. Sie hat einen langen Mantel an und die Kapuze hängt tief ins Gesicht. Als sie auf meiner Höhe ist, sagt die Frau: „Tag Eufemia, wie geht es dir?" Ich erkenne die Stimme sofort. Es ist die von Antonia. Als ich hochschaue, kann ich etwas von ihrem Gesicht sehen. Sie sieht älter aus als in unserer Zeit, aber sie hat diesen wissenden Blick, wie immer. Als könnte sie direkt in deiner Seele lesen. Sie fragt: „Wie geht es dir? Du bist so sehr in Gedanken versunken, das du gar nichts um dich herum wahrnimmst." Ich antworte: „Es ist heute etwas passiert, worüber ich nachdenken muss. „Sie nickt mir zu und geht grußlos davon. Am nächsten Morgen muss ich wieder zum Brunnen gehen. Wieder steht Johannes dort und schaut mich an. Aus lauter Gewohnheit lächele ich und hebe die Hand. Er wird knallrot und senkt sofort den Blick. Da geht hinter mir lautes Gelächter los. Es sind Elisabeth und Eva. Elisabeth schnaubt: „Jetzt winkst du dem Trottel zu. Willst du dich etwa mit ihm treffen?" Ich fühle mich ertappt und antworte wie aus der Pistole getroffen: „Der interessiert mich nicht. Das mache ich nur für meinen Bruder!" Das ist eine glatte Lüge und sofort tut es mir leid was ich gesagt habe. Vor allem wie ich es gesagt habe. Von oben herab, wie ich es bei anderen überhaupt nicht leiden kann. Außerdem ist meine Stimme wirklich schrecklich. Ich werde versuchen in Zukunft mehr wie ein Mädchen zu klingen. Ich schaue rüber zu Johannes, aber er ist schon weg. „Dein Schatz ist weg. Vermutlich weint er, weil er einfach nicht dein Interesse wecken kann", meint Eva. Und die beiden lachen wieder los. Zum Glück gehen sie weg, denn ich würde ihnen am liebsten an den Hals springen...

Ich schaue den beiden noch grimmig hinterher, als ich das Mädchen vom Vortag entdecke. Sie scheint die ganze Szene beobachtet zu haben. Als ich sie auch sehe, schaut sie nicht weg oder fühlt sich ertappt. Nein, entweder ist es Offenheit, Neugier oder Hass.....!?

Ich bin mit meiner Arbeit fertig und suche alles zusammen. Dann rufe ich David, damit wir gehen können. Heute brauche ich nicht in der Schmiede helfen. Als wir zuhause ankommen, sitzt Mutter auf einem Stuhl und krümmt sich. Wir stürmen zu ihr und fragen, was los ist. Sie keucht nur: „Holt Amelie, schnell!" David reagiert sofort und rennt raus, ich folge ihm, habe aber Mühe hinterher zu kommen. Vor einem etwas abgelegenen Haus wird er langsamer. Er trommelt mit beiden Händen an die Tür. Antonia öffnet. Jetzt verstehe ich: Antonia ist Amelie!!! „Femia, David, was ist passiert?" „Mama hat starke Schmerzen und blutet zwischen den Beinen" ruft David. Antonia/Amelie schließt die Tür und wir rennen wieder zu unserem Haus. Amelie bringt unsere Mutter auf das Bett. Sie legt die Hände an ihren Bauch und brummelt etwas vor sich hin. Es ist fast so, als wenn Antonia mich zuhause in unserer Zeit behandelt. Dann schaut sie auf und sagt: „Femia, geh zu meinem Haus und hole Rubus edaeus aus dem Regal. Bring es schnell her. Setze vorher Wasser auf. Wir müssen einen Tee machen, der die Blutung stoppt." Ich stelle den Topf auf das Feuer und renne los. Es ist so kalt, das meine Lunge weh tut, als ich in Amelies Haus ankomme. Drinnen sieht es fast aus, wie in Antonias Haus bei uns. Nur sind die Möbel viel einfacher. Sie stehen sogar fast am gleichen Platz. Ich suche in einem Regal nach dem Kraut. Ich nehme den Büschel und will wieder aus dem Haus stürmen, als ich eine blanke Schale entdecke. Ich bleibe stehen, überlege einen kurzen Augenblick, ob es okay ist, dann nehme ich die Schale und nutze sie wie einen Spiegel. Ich bin entsetzt, als ich mein Gesicht sehe. Zugegeben, durch die Schale sind die Gesichtszüge irgendwie verzerrt. Aber ich habe einen riesigen Bollerkopf und fast keinen Hals. Ich sehe aus wie ein Junge mit speckigen Pausbacken...Und meine Haare! Sie sind verfilzt und sehen aus, als hätte ich sie seit Wochen nicht gewaschen. Jetzt schaue ich an mir herunter, ziehe das Kleid etwas hoch und sehe den Rest meines Körpers. Ich habe riesige Füße, die in noch größeren Latschen stecken. Meine Beine sind dicke Stampfer und ich habe Haare an den Beinen, die aussehen wie Spinnenbeine. Außerdem habe ich einen richtigen Speckbauch. In der Schale kann ich erkennen, dass ich unheimlich breite Schultern habe und meine Arme dicke Wülste an dem Kleid bilden. Aber am meisten bin ich über mein Gesicht entsetzt. Es hat so grobe Züge und meine Mundwinkel scheinen nach unten zu hängen. Ich versuche ein Lächeln, aber das sieht nicht schöner aus und tut sogar irgendwie weh im Gesicht. Ich merke, dass ich zu lange hier stehe, reiße mich von meinem Bildnis los und verlasse das Haus. Ich renne den Weg zurück zu meinem Elternhaus und werde innen von allen bereits erwartet.

„Wo warst Du so lange, Du bist wirklich langsam!"
ärgert mich der kleine Junge, doch ich murmel nur:
„'tschuldigung, hab das Kraut nicht gefunden." Alle
schauen mich merkwürdig an, doch ich mache mich
daran das Abendbrot zu machen. Der Teig liegt
noch auf dem Tisch. Offensichtlich war die Mutter
grade dabei, einen Brotlaib zu kneten. Das ist die
richtige Ablenkung für mich. Ich nehme mir den
Teig vor und knete wie wild daran herum, bis der
Junge zu mir sagt: „ Du sollst den Teig nicht töten,
sondern nur kneten." Ich lege ihn also wieder in die
Schale und stelle ihn an die Seite.
Amelie hat mit den Kräutern und dem Wasser einen
Tee zubereitet. Sie kommt zu mir und sagt: „Gib ihr
jede Stunde was davon. Ich komme morgen wieder." „Du kannst jetzt nicht gehen, es geht ihr doch
noch nicht gut", sage ich. Doch sie schüttelt den
Kopf. „Ich muss gehen. Deine Mutter soll sich nicht
bewegen und schön den Tee trinken. Euer Vater
darf mich hier nicht sehen. Er würde böse werden."
Dann verschwindet sie.

Ich nehme mir wieder den Teig vor, forme ein Brot
daraus und bringe es in die Glut. Als es wohlig anfängt zu riechen, hole ich den fertigen Laib heraus,
kratze etwas von dem schwarzen ab und lege es auf
den Tisch. Dann stelle ich die Teller dazu und gehe
zur Mutter, um ihr den Tee zu geben, wie Amelie
mir aufgetragen hat. Mutter macht die Augen auf
und trinkt einen kleinen Schluck. Sofort legt sie sich
wieder zurück ohne ein Wort zu sagen. Kurze Zeit
später kommt der Vater nach Hause. David und ich

erzählen ihm von den starken Schmerzen und das sich die Mutter ins Bett gelegt hat, um sich auszuruhen. Keiner von uns erzählt von Amelie und den Kräutern. Wir setzen uns an den Tisch und essen vom frischen Brot und von einem Stück Käse, das der große Mann von einem Bauern bekommen hat, weil er sein Messer geschliffen hat. Das frische Brot und der Käse schmecken zwar köstlich, aber ich habe nur wenig Hunger. Noch immer habe ich das Bild vor Augen, wie ich aussehe. Nach dem Essen geht der Vater zu seiner Frau. Er zieht seine Kleider aus, legt sich hinter sie ins Bett und nimmt sie liebevoll in den Arm. Als sie seine Nähe bemerkt, kuschelt sie sich an ihn und schläft einfach weiter. Auch David und ich gehen zu unserem Nachtlager. Da es dicht an der Feuerstelle ist, liegen wir nebeneinander und schlafen schnell ein. Die tägliche Arbeit ist doch hart und anstrengend.

Am nächsten Morgen ist Amelie wieder da, kaum das Vater das Haus verlassen hat. Wieder legt sie die Hände auf und redet leise vor sich hin. „Es geht ihr besser, aber sie braucht viel Ruhe. Sie soll nichts heben und möglichst viel liegen", weist sie an. Ich frage: „Was ist denn los? Was fehlt ihr?" „Sie erwartet ein Kind. Doch für den Körper ist dies eine anstrengende Arbeit. Eure Mutter ist zu alt für ein Kind," erklärt mir Amelie. Ich bin nicht sicher, ob ich mich freuen oder entsetzt sein soll. Wieso ist sie zu alt für ein Baby? Doch dann fällt mir die Zeit wieder ein, in der wir uns befinden. Da ist es nicht üblich gewesen, noch so spät ein Kind auf die Welt zu bringen.

David und ich erledigen zusammen alle Hausarbeiten. Als wir eine Pause machen, sagt er: „Was ist mit dir los? Johannes hat erzählt, du hast ihn angelächelt und die Hand zum Gruß gehoben?!" Ich nicke nur und weiß nicht recht, was ich antworten soll. Da fragt er schon: „Was hast du vor, Schwester? Was willst du Johannes wieder antun?" Ich schaue reumütig nach unten: „Nein, David, ich will nicht mehr so grässlich sein zu ihm. Aber ganz ehrlich macht es mich wütend, wenn er sich alles gefallen lässt. Er muss sich einfach mal wehren?" David schaut mich entgeistert an. „Er soll dich schlagen?" fragt er entsetzt. Ich muss etwas lachen: „Nein, er soll sich wie ein Mann benehmen", sage ich. Doch dann stutze ich. Hab ich ihn etwa geschlagen?? Das wäre entsetzlich. Ich denke an Vera´s Wort. Ich muss in Erfahrung bringen, was ich Johannes angetan habe. Also frage ich:" Was ist deiner Meinung nach das schlimmste, was ich Johannes bisher angetan habe?"

David schau grimmig und sagt: „Das gemeinste war ihm die Kleider zu stehlen und ihn zu fesseln. Das ihr den Armen auch noch direkt an einem Weg in der Nähe eines Ameisenhaufens angebunden habt und ihm Honig an den Körper geschmiert habt, war das gemeinste bisher. Aber auch jede Jagd auf ihn und die Schläge, waren gemein. Eigentlich bist du immer fies zu Johannes. Dabei tut er dir nichts und deinen doofen Freundinnen auch nicht." Mir wird übel. Das ich zu so gemeinen Sachen fähig bin, erschreckt mich sehr. „Wie sollte sich denn ein Mann nach deiner Meinung benehmen, wenn du so bist? Kein Junge hat die Kraft, sich gegen dich zu wehren, "sagt David.

Das ist wirklich entsetzlich. Aber da ich jetzt mein Spiegelbild gesehen habe, ist es möglich. Ich habe wirklich richtige Muckis. Über Davids Frage muss ich etwas nachdenken. Zuhause hätte ich ganz andere Gedanken dazu gehabt als hier. Also antworte ich: „Er soll seine Frau lieben und ehren. Er muss Humor haben. Gleichzeitig muss er seine Familie ernähren und beschützen. Der Mann muss schlauer sein als ich. Er soll auf mich Acht geben und muss Entscheidungen treffen."

„Die meisten Sachen treffen auf Johannes zu. Lieben und ehren würde er dich, wenn du ihn nur lassen würdest. Wenn er nicht Angst vor dir hat, kann man ganz viel Spaß mit ihm haben. Ernähren kann er eine riesige Familie, seine Eltern sind unfassbar reich. Alles andere müssten wir leider streichen", sagt David und kann sich das Grinsen nicht verkneifen. Ich knuffe ihm in die Seite: „Es geht ja nicht um mich. Dann würden ihn andere Mädchen gut finden. So hat er bei mir keine Chance!" Es geht doch erst einmal darum, dass die anderen ihn nicht ärgern. Alles andere kommt dann schon von alleine."

Aber David ist noch nicht fertig mit dem Thema. Er wird ganz ernst und sagt: „Johannes ist ziemlich schlau. Er kann lesen und schreiben und sogar rechnen. Er weiß über viele Dinge Bescheid. Wenn du ihn kennen würdest, wüsstest du das." Wie schlau

Johannes, also Adam in unserer Welt ist, weiß ich. Es ist ja nur so, dass er sich von so vielen auf der Nase herumtanzen lässt. „Vielleicht können wir ja Freunde sein", denke ich laut und merke, dass David mich erstaunt ansieht. "Irgendwann..." werfe ich schnell hinterher.

Es ist Zeit wieder an die Hausarbeit zu gehen., denn seit Vater erfahren hat, das ein Baby unterwegs ist und es Mutter nicht gut geht, soll ich nicht mehr in der Schmiede helfen, sondern im Haus bleiben und auf Mutter Acht geben. So wie heute geht es einige Tage und Wochen. Mutter geht es zwar von Tag zu Tag besser und sie erholt sich, aber aufstehen soll sie nicht. David und ich übernehmen also die meiste Arbeit. Doch ab und zu muss ich alles alleine machen, weil David jetzt ein paar Arbeiten bei Vater übernehmen muss. Wenn ich morgens zum Brunnen gehe und Johannes sehe, grüße ich ihn und schaue immer recht freundlich. Er gewöhnt sich schnell daran und grüßt irgendwann vorsichtig zurück. Das ist doch schon ein richtiger Fortschritt. Einige Wochen gehen ins Land und ich sehe Johannes nicht, habe aber auch keine Zeit, an ihn zu denken. Die Sorge um Mutter und die anstehenden Arbeiten halten mich genug auf Trab.

Nach und nach sitzen meine Kleider lockerer und hängen irgendwann nur noch an mir herunter. Irgendwann hält mich Mutter fest und sagt: „Femia, seit du nicht mehr in die Schmiede gehst, hast du dich stark verändert. Du bist richtig dürr geworden, es wird Zeit, für ein anderes Kleid. Sieh in der Kiste nach, da sind noch Kleider von mir. Vielleicht passt dir eines." Ich freue mich, dass Mutter bemerkt hat, das ich abgenommen habe und suche in der Kiste nach einem Kleid. Entsprechend enttäuscht bin ich, als ich in keines der Kleider passe. Mutter bemerkt meine Enttäuschung und erklärt mir, das wir meine Sachen ändern können, als die Tür aufgeht und Amelie ins Haus kommt. Im Arm hat sie einen Stapel Stoff und kommt strahlend auf uns zu. Schau mal Maria, ich habe ein wundervolles Kleid gefunden, vielleicht ist das etwas für Eufemia. Sie schaut mich strahlend an und hält mir das Stoffbündel hin. Ich lächele etwas verhalten, da ich Angst habe, wieder nicht hinein zu passen. Doch als ich mir das Kleid überstreife, sitzt es sehr gut. Es ist schon etwas älter und ist auch nicht mehr ganz frisch, aber wenigstens hängt es nicht mehr an mir, wie Lumpen. Amelie erzählt noch, das sie das Kleid von einer Frau bekommen hat, die ganz krank war und so stark abgenommen hatte, das sie es nicht mehr tragen konnte. Maria, meine Mutter, sagt:" Wenn ich wieder auf den Beinen bin, werden wir Stoff kaufen und dir ein eigenes Kleid nähen." Sie strahlt mich an und ich bin wirklich glücklich und strahle zurück.

An einem Nachmittag bittet mich Mutter: „Geh doch bitte in den Wald und sammele Feuerholz. Der Winter wird noch etwas anhalten und das Holz geht aus. Wir müssen Vorrat anlegen, der noch etwas trocknen muss." Leider ist David in der Schmiede beim Vater. So muss ich alleine gehen. Da ich nicht mehr so oft in der Schmiede arbeite und nicht mehr so viel esse, habe ich auch nicht mehr so viel Kraft wie früher. Ich nehme eine Art Trage mit, auf der ich das Holz besser tragen kann. Ich habe schon ein ganzes Stück vom Weg zurückgelegt, als ich bemerke, das mir jemand folgt. Wenn ich mich umdrehe, sehe ich aber niemanden. Der Wald wird dichter und dieses Gefühl jemanden im Nacken zu haben, lässt mich nicht los. Ich will fast davon stürmen, als ich den Mantel von Johannes hinter einem Baum erkenne. „Johannes, hör auf mir Angst einzujagen. Ich kann deinen Mantel sehen!" rufe ich. Nach kurzem Zögern kommt er hinter dem Baum hervor. „Ich will dir doch keine Angst machen. Das ist doch bei dir gar nicht möglich. Ich möchte nur sicher sein, das du heile zurückkommst," antwortet er. Ich muss fast lachen.

Er steht da, fast 20 Meter entfernt und will mich beschützen. Hat aber vor mir schon schreckliche Angst. „Komm her. Du kannst mir helfen!" rufe ich rüber und tatsächlich kommt er vorsichtig näher. Als er vor mir steht, bemerke ich, wie groß er ist. Ich muss richtig nach oben schauen. „Donnerwetter, bist du groß. Das habe ich nicht erwartet. Wie kann ein so großer Junge vor einem so kleinen Mädchen wie mir Angst haben?" frage ich ihn. Er wird – wie immer – rot und sagt: „Ich hab doch keine Angst vor dir!!" Doch das ist glatt gelogen. Denn er schaut schnell runter auf seine Schuhe. Ich drücke ihm die Trage in die Hand und ich werfe immer wieder Holz hinein. Es sieht aus, als würde ihm das Gewicht nichts ausmachen, obwohl er noch immer schlaksig und dünn ist. Wir unterhalten uns über David und warum er nicht Holz holen hilft. Er erklärt mir, warum das eine oder andere im Dorf passiert. Und nebenbei trägt er das ganze Holz bis zum Waldrand. Dann bleibt er stehen und sagt: „Hier, dein Holz. Es ist besser, wenn du ab hier alleine gehst. Sonst kommen die Leute noch auf komische Gedanken". Er stellt die Trage ab, aber ich bekomme sie nicht ein Stück angehoben. Johannes nimmt die Hälfte des Holzes aus der Trage. „Den Rest bringe ich später und lege es in den Holzschlag", sagt er. Dann dreht er sich um und verschwindet.

Ich tapse mit dem Gewicht Richtung Heim. David kommt mir entgegen und nimmt mir die Trage ab. Gemeinsam legen wir das Holz in eine Art Schuppen.

„Für so wenig Holz warst du lange im Wald. Und das bei der Kälte" sagt David. Ich erzähle ihm von meiner Hilfe und das er auf einmal verschwunden ist. Er zuckt nur die Schultern und geht ins Haus. Als ich am nächsten Morgen Holz hereinhole, sehe ich, dass die andere Hälfte von der gesammelten Menge auch da ist. Johannes muss sie, wie versprochen, gebracht haben.

Die Eltern ordnen an, dass ich jeden Tag Holz holen soll. Das tue ich auch und auch am nächsten Tag taucht Johannes im Wald auf. Ich freue mich natürlich über die Hilfe und die Gesellschaft. Trotzdem frage ich ihn: „Woher weißt du immer, das ich hier bin?" Er schaut kurz nach unten und antwortet:

„Von meinem Zimmer kann ich euer Haus sehen. Mit David habe ich abgemacht, das ich hierher gehe, wenn er alleine in Richtung Wald geht. Dann können wir uns treffen und etwas zusammen machen. "Ich verstehe nicht und frage nach: „Warum kommst du nicht einfach her und fragst nach ihm?" „Meine Eltern erlauben es nicht, das David und ich etwas zusammen machen. Ich bin doch viel älter als er..."erklärt er mir. „Warum darf man uns nicht zusammen sehen" frage ich ohne weiter darüber nachzudenken. Die Antwort hätte mir auch selber einfallen können. „Was werden deine Freundinnen Eva und Elisabeth mit dir machen, wenn sie dich mit mir sehen, wie wir aus dem Wald kommen?" Da hat er natürlich Recht. Daran hatte ich noch nicht gedacht. Zumindest nicht über die Konsequenzen. Würde es mich stören, wenn die beiden mich damit ärgern würden? Ja, vermutlich, wenn sie wirklich gemein genug werden.

„Warum hast du dich nie gewehrt, wenn wir dich geärgert haben?" frage ich ihn und er antwortet erst nach einiger Zeit: „Was hätte ich tun sollen? Gegen ein Mädchen die Hand erheben, kommt nicht in Frage. Nicht einmal gegen so dumme wie Eva und Elisabeth." Das finde ich ja gut, aber.... „Man kann sich doch mit Worten wehren", schlage ich vor. „Mit Worten kann ich nicht so gut umgehen. Da fühle ich mich unsicher. Bei meiner Schwester Barbara habe ich damit jedenfalls keine Chance. Sie weiß immer etwas zu entgegnen und lässt mich oft nicht zu Wort kommen. Ihr würde ich manchmal gerne den Hals umdrehen"! Johannes hat sich so in Rage geredet, dass er wütend aussieht. Als er merkt, dass ich ihn beobachte, werden seine Gesichtszüge weich und rot und er schaut nach unten: „Entschuldigung." murmelt er leise. „Johannes, du brauchst dich nicht zu entschuldigen. Manchmal wird man so böse, dass man mit dieser Wut irgendwohin muss. Wenn man immer versucht, es jedem Recht zu machen, bleibt man selbst auf der Strecke. Die Wut bricht dann heraus und man dreht wirklich jemandem den Hals um. "Das ist nicht das, was Johannes hören wollte. „Ja, für dich ist das einfach. Dir fallen immer die richtigen Worte ein. Bei mir kommt nur dummes Gestammel heraus. Meine Eltern geben ihr immer Recht. Sie lässt mich immer wie den Trottel der Familie aussehen. Ich schüttele den Kopf: „Nein, Johannes, ein Trottel bist du nicht. Aber wenn du gehört werden willst, musst du laut und deutlich sprechen und klar deine Meinung sagen. Lass dir von keinem was anderes einreden. Du bist toll, so wie du bist!" Mir kommt es so vor, als hätte ich das alles schon einmal erlebt. Da fällt es mir ein. Als Adam und ich in unserer Zeit zur Schule gegangen sind, haben viele Jugendliche – besonders Jungs – auf ihm herum gehackt. Ich habe ihm dort das gleiche gesagt. Wir waren da schon die besten Freunde. Hoffentlich versteht Johannes mich jetzt nicht falsch. Tatsächlich sieht er mich ganz merkwürdig an.

„Du findest mich also toll, ja?" fragt er prompt...Oh nein!!! „Johannes! Du bist nett. Aber ein Junge oder Mann muss....."fange ich an. Aber er unterbricht mich: „Ja, Ja. Ich weiß schon. David hat mir bereits gesagt, was dein Mann haben oder können muss. Seitdem trainiere ich täglich um stärker zu werden. Und immer, wenn ich kann, übe ich mich im Kampf". Er hat es nicht verstanden!!! „Johannes! Du musst dich mögen und selbstsicher sein. Dann mögen dich auch alle anderen. Lass uns als Freunde beginnen, ja?" frage ich. Er sieht zwar etwas geknickt aus, aber er nickt.

Die nächsten Tage sehe ich ihn nicht. Es ist fast so, als würde er mir aus dem Weg gehen. Doch die Hausarbeit und die Versorgung von Mutter nehmen mich so sehr in Anspruch, dass ich nicht viel Zeit habe darüber nachzudenken.

Es vergehen mehrere Wochen. Bei Marie ist jetzt schon ein runder Bauch zu sehen.

Amelie ist an einem Tag da und sieht wieder nach Mutter. Weil diese aber schläft, setzen wir uns an den Tisch und sie fragt nach kurzem Plaudern: „Was ist eigentlich zwischen Johannes und dir vorgefallen?" Ich erzähle ihr von dem Gespräch im Wald und sie beginnt danach zu grinsen. Als ich sie frage, warum sie sich so freut, antwortet sie: „Er war bei mir und wollte ein Kraut oder einen Stein für mehr Selbstsicherheit. Ich sagte ihm, ich müsse das erst besorgen, er solle nach Neumond wiederkommen. Er wird also bald kommen um sein `Wundermittel` zu holen." „Was wirst du denn tun?" frage ich Amelie. „Vielleicht gebe ich ihm einfach den nächsten Stein. Wenn er ihm hilft, umso besser", sagt sie. Ja. Da ist was dran. Vielleicht ist das die einfachste Form ihm zu helfen....

Tanzen am See

Im Dorf laufen die Vorbereitungen für ein großes Fest. Dabei soll der Frühling gerufen werden. Alle ziehen ihre besten Sachen an und lassen sich auf dem Marktplatz sehen.

Es beginnt mit einer Art Markt, wo die Menschen aus der Umgebung alles bringen und entweder tauschen oder verkaufen. Es werden Lämmer angeboten und Ferkel, Kälber und Küken. Ein Mann hat Reisigbesen dabei, eine Frau Spangen für die Haare.

Mein Vater arbeitet in der Schmiede und stellt Messer und Schwerter her. Auf dem Weg zu ihm schaue ich mir die Waren an. Leider haben wir kein Geld um etwas zu kaufen. Nur einige reichere Leute kaufen etwas. Man erkennt sie an den sauberen und edleren Kleidern. Am Stand mit den Spangen steht die Familie von Johannes. Zumindest seine Schwester und andere Frauen, von denen ich aber nicht weiß, ob es Schwestern, Cousinen oder Angestellte sind. Eine Frau steht dabei und ich vermute, das es die Mutter von Johannes und Barbara ist. Sie sieht sehr hübsch aus, irgendwie zerbrechlich. Sie hat eine so helle Haut, als würde sie selten das Haus verlassen. Ihre Haare haben die gleiche Farbe, wie die ihres Sohnes, recht dunkel. Aber nicht schwarz, sondern ein warmes Braun. Offensichtlich sind ihre Augen ebenso dunkel wie die von Johannes.

Ich beobachte die ganze Gruppe noch ein wenig, gehe dann aber langsam weiter. Ich bringe Vater das Essen und wir setzen uns vor die Schmiede. Im inneren höre ich Geräusche und frage Vater: „Ist David drinnen und hilft dir?" Er kaut in Ruhe und sagt dann:" Ich habe einen Knecht, der mir hilft, wenn ich viel zu tun habe." Damit ist das Thema für ihn erledigt, denn er steckt sich ein großes Stück Fladen in den Mund.

„Gehst Du heute mit den anderen Mädchen zum Feuer?" fragt er, doch ich habe keine Ahnung, was er meint. Schließlich habe ich das Fest noch nie erlebt...."Was ist in letzter Zeit mit dir los? Du verbringst nicht mehr so viel Zeit mit deinen Freundinnen. Habt ihr Streit?" fragt er mich. Und wie auf Befehl kommen Elisabeth und Eva um die Ecke und auf uns zu. „Hallo Femi, kommst Du mit an den See? Dort wird gleich das Feuer angezündet!" ruft die eine. Ich blicke fragend zu Vater, der noch immer kaut. Er nickt und sagt: „Geh nur, ich nehme den Korb mit." Ich springe auf und laufe den Mädchen hinterher. Wir laufen aus der Stadt raus, genau zur anderen Seite, den ich zu meinem Elternhaus gehe. Ein Stück wandern wir an Feldern vorbei und pflücken Blumen, die wir zu Haarkränzen flechten. Die beiden Mädchen fragen mich, warum ich nichts mehr mit ihnen unternehme und auch nicht mehr in der Schmiede arbeite. Ich erkläre ihnen, dass Mutter ein Kind erwartet und es ihr nicht gut geht.

Das Feuer brennt bereits und ein Spielmann zupft auf seiner Klampfe herum. Von weitem erinnert das alles an einen Hexentanz, denn viele junge Frauen hüpfen ausgelassen um das Feuer herum. Ein anderer Mann kommt dazu, der auf einem hohlen Baumstamm trommelt. Plötzlich steht Amelie hinter mir und murmelt leise: „ Sie begrüßen den Frühling..." Die anderen Frauen kommen zu uns rüber, nehmen unsere Hände und ziehen uns mit sich. Wir hüpfen und tanzen um das Feuer herum, bis es lange dunkel ist. Für kurze Zeit vergessen ich, dass ich nicht hierher gehöre, habe meinen Auftrag vergessen, nicht an Mutter in der Hütte oder meine andere Familie gedacht. Ich bin glücklich.

Als ich so erschöpft bin, dass ich schon keuchen muss, laufe ich zum See, schöpfe etwas Wasser mit den Händen und trinke es gierig. Ich tupfe etwas von dem kühlen Nass an meine Stirn und tauche danach die Hände wieder in das dunkle Wasser.

Viele Mädchen sind schon fort und ich beschließe, auch zu unserer Hütte zu gehen. Elisabeth und Anna kommen mit und wir schnattern die ganze Zeit über irgendwelche Jungs, die gut oder doof aussehen und wer wen als Mann haben will.

Mit einem Mal springen zwei Männer auf den Weg. Sie sind älter als wir und ich habe sie noch nie in

unserer Gegend gesehen. Sie sehen auch etwas ver-
loddert aus, daher vermute ich, es sind Reisende.
Der eine packt mich am Handgelenk und zieht mich
zu sich. Er riecht widerlich und mich überkommt
eine Angstwelle. Er zerrt mich zum nächsten Baum
und drückt mich grob an die Rinde. Mit seinem Gesicht kommt er meinem näher und sein Atem riecht
so widerlich, dass ich den Kopf wegdrehe. Als er
eine Hand loslässt und anfängt an meinem Rock zu
zerren schlage ich ihm mit der Faust hart ins Gesicht. Er schaut mich überrascht an und nimmt die
Hand an seinen Mund, der einen kleinen Bluttrop-
fen gebildet hat. Er schaut seine Hand an, hebt den
Kopf und grinst mich dumm an. „Eine Wildkatze,
die machen mir besonders Spaß", sagt er und
schlägt mir ebenfalls ins Gesicht. Da springt bei mir
eine Sicherung raus. Ich reiße das Knie hoch, ihm
genau in die Kronjuwelen, vor Schmerzen lässt er
meine Hände los und hält sie an seine Eier. Mit voller Wucht schlage ich ihm auf den Kopf und trete
gegen seinen Oberkörper. Er taumelt und geht dann
zu Boden. Als ich mich um drehe, sehe ich, wie der
andere Elisabeth gegriffen hat, sie an einen Baum
gedrückt hat und versucht ihren Rock hochzuzie-
hen. Seine Hose hängt bereits in den Knien und sein
nackter Po wird vom Mond beschienen. Ich mache
ein paar große Schritte und ohne darüber nachzudenken, trete ich ihm von hinten mit der Fußspitze
in sein Gemächt. Er gibt einen Ton von sich, als
würde die Luft aus seinem Körper entweichen, lässt
Elisabeth los und geht in die Knie. Jetzt schimpfe ich

in lautstark aus und verhaue ihn mit geballten Fäusten, bis er winselnd am Boden liegt.

Dann packe ich Elisabeth, die noch immer schluchzend am Baum steht, an den Schultern, drehe sie zu mir herum, nehme eine in Hand in meine und wir rennen den Weg entlang bis zu ihrer Hütte. Als sie sicher im Haus ist, renne ich weiter zu meinem eigenen Zuhause. Ich denke an die beiden Männer und mir wird klar, was ich grade getan hab. So etwas habe ich noch nie gemacht. Woher kann ich das? Und woher kam diese Wut?? Diese unbändige Wut, die so viel Kraft in mir freigesetzt hat.

Als ich die Hütte erreiche und die Tür leise öffne, kommt mir warme Luft entgegen. Erst jetzt fällt mir auf, wie kalt es abends noch ist. Auf meinem Platz rolle ich mich ein, wie eine Katze. Ich zittere noch immer und bin mir nicht sicher, ob es an der Kälte oder der Begegnung mit den beiden entsetzlichen Kreaturen liegt. Mir geht der Tag noch einmal durch den Kopf, besonders der Abend war schön. Das tanzen war wundervoll und unbeschwert. Eine kurze Zeit habe ich mich sehr wohl in diesem Leben gefühlt. Auch bin ich stolz, dass ich mich so gut gegen die Angreifer wehren konnte. Über meine Ausdrucksweise, in der ich gedacht habe, bringt mich zum Schmunzeln. Solche Wörter hätte ich in meiner Zeit nur sehr schwer über die Lippen gebracht. Vielleicht liegt es aber auch an der schweren Situation. Auf jeden Fall habe ich es geschafft, uns aus dieser Situation heraus zu holen. Ein gutes Gefühl

Die nächsten Tage bin ich sehr mit meiner Arbeit beschäftigt. Ich treffe weder Adam, noch weiß ich, was ich noch tun soll, um wieder nach Hause zu kommen.

Als ich wieder am Brunnen stehe und das Geschirr spüle, taucht über mir ein Schatten auf. Er sagt mit einer wunderschön dunklen und samtigen Stimme: „Eufemia, kann ich dir helfen, die Sachen nach Hause zu tragen?" Es ist weniger eine Frage, sondern mehr als Tatsache zu verstehen. Ich drehe mich um und falle fast um. Vor mir steht Johannes. Ich glaube, er ist noch ein Stück gewachsen. Aber irgendwas hat sich noch geändert. Er hat seine Haare nach hinten gebunden zu einem Zopf. Und....sind das an seinem Kinn Bartstoppeln??? Das ist mir noch nie aufgefallen...oder sind die neu??? Und breitere Schultern hat er. Er wirkt dadurch irgendwie erwachsener und etwas verwegen. Einfach WOW! Ich bin sprachlos und kann noch immer nicht reagieren, als er einfach meine Sachen nimmt und in Richtung Heim geht. Ich muss mich sehr bemühen, um mit ihm Schritt zu halten. Seine Beine stecken in engen Lederhosen. Darin fällt auf, wie muskulös sie sind. Da es jetzt nicht mehr so kalt ist, hat er nur ein Hemd an. Es ist irgendwie gerafft und vorne mit Bändern gebunden. Ein ganzes Stück steht es jedoch offen und so sehe ich an einem Band einen Stein hängen. Er sieht aus wie ein Bernstein, aber etwas dunkler. Die Form des Anhängers ist wie ein Herz. „Johannes, du siehst toll aus! Und deine Stimme ist ganz anders. Was ist mit dir passiert?" frage ich ihn, als ich wieder richtig denken kann.

Er lächelt mich ganz offen an und antwortet: „Bin ich jetzt so, wie du mich haben wolltest?" Er ist stehen geblieben und kommt mir ziemlich nahe. Hatte Adam/Johannes schon immer so schöne braune Augen?? Diese Stimme und dieser Geruch..... Mir werden etwas die Knie weich. „Femia, ist alles in Ordnung mit dir?" fragt er mich besorgt. „Natürlich. Mir geht es gut. Ich hab mich nur gefragt, wann du dich so verändert hast" antworte ich. Es fällt mir wirklich schwer, mich zu konzentrieren. HALLO!!! Das ist Adam mein bester Freund!! Konzentrier dich! „Ich hab dir doch erzählt, dass ich stark trainiere. David ist auch viel stärker geworden. Das mit der Stimme und dem Bart ist von alleine gekommen. Endlich habe ich nicht mehr so eine Weiberstimme. Die Idee mit dem Zopf hatte ich. Viele Männer tragen das so. Gefällt es dir?" er strahlt wie ein Kind an Heiligabend und es strahlen mich perfekte weiße Zähne aus einem wunderschön geschwungenen Mund an. „Du hast dich auch sehr verändert und Dein neues Kleid sieht hübsch aus." Oh Mann. Was geschieht hier mit mir?? Ich kann nicht mehr normal denken. Mein Bauch kribbelt und ich kann nicht antworten. Ich starre Johannes an und würde ihn am liebsten umarmen und küssen. Aber er ist doch mein Freund!! „Femia !!" sagt er etwas lauter als vorher. Und ich höre ich mit zuckersüßer Stimme antworten: „Ja, Johannes. Es gefällt mir. Sehr sogar", und ich drehe mich um und gehe mit schwingenden Hüften davon.

Irgendwie kann ich nichts dagegen tun. Wer steuert mich denn hier, verdammt?! Am Haus meiner Eltern angekommen, gibt Johannes mir die Sachen, schaut mir ganz tief in die Augen und sagt: „Gern. Jederzeit zur Hilfe, schöne Frau!" Eigentlich würde ich spätestens jetzt laut lachen, aber ich kann nicht. Stattdessen sage ich nur: „Danke Johannes", und das hört sich an wie Honig. Er zwinkert mir zu und geht.

Boh!! Mir ist noch immer ganz mulmig im Bauch und meine Beine sind weich wie Butter. Als ich ins Haus komme, steht David vor mir. Tatsächlich hat auch er ein breiteres Kreuz bekommen und seine Arme sind muskulöser als früher. Als er mich sieht, kommt er mit einem Satz her und stützt mich. „Was ist mit dir? Hast du einen Geist gesehen?"

Ich schüttel den Kopf. „Nein, nur Johannes. Er hat mir geholfen alles her zu tragen", antworte ich und setze mich auf einen Stuhl. „Konntest Du die Sachen nicht selber tragen? Bist du krank?" fragt David besorgt. Wieder schüttele ich den Kopf. Das scheint ihm zu reichen. „Bleibst du hier bei Mutter? Amelie müsste gleich kommen. Ich treffe Hannes bei Vater. Wir wollen ihm etwas helfen." Bei seinem Namen flattert es wieder in meinem Bauch und ich muss einfach fragen: „Was macht denn Johannes bei Vater?" David erklärt mir: „Er hat vor einiger Zeit angefangen Vater zu helfen. Da Hannes ohne Entlohnung helfen wollte, hat Vater sich sehr über die Hilfe gefreut. „Ja, das war ein schlauer Plan von Johannes. Er ist doch pfiffig. Geld brauchte er nicht, weil seine Familie reich genug ist. Aber durch die Arbeit in der Schmiede würde er ziemlich kräftig werden.

David verschwindet und ich sehe nach Mutter. Sie schläft, wie fast immer. Sie ist blass geworden. Ich streiche ihr eine Strähne aus dem Gesicht. Sie öffnet kurz die Augen. „Hallo Eufemia. Wie geht es dir? „fragt sie mit leiser Stimme. „Die Frage ist wohl, wie es dir geht?" antworte ich. Mutter schließt die Augen kurz, dann antwortet sie: „Ich bin so schrecklich müde, Dieses Baby scheint mir alle Kraft zu rauben. Ich glaube nicht, dass ich es schaffe, Femi. Sollte das Kind leben und ich nicht, versprich mir, dich gut um das Kleine zu kümmern. Du bist jetzt alt genug, um ein eigenes Kind zu haben. Versprich es mir!" Ich nicke und mir steigen Tränen in die Augen. „Meine schöne Tochter. Du musst nicht traurig sein. Ich bin so froh, dass du so eine wundervolle junge Frau geworden bist. David ist auf dem richtigen Weg ein fleißiger junger Mann zu werden. Ich habe alles richtig gemacht und mit eurem Vater einen lieben Partner und Seelenverwandten gefunden. Mein Leben ist perfekt. Ich würde mich zwar freuen, wenn ich miterleben könnte, dass du und David ebenfalls glücklich werdet und eine Familie gründet. Aber im Moment vermute ich, dass ich nicht einmal den nächsten Tag schaffen werde."

Von hinten kommt Amelie heran. Sie ist leise ins Haus gekommen und muss einen Teil des Gespräches mitbekommen haben. „Liebe Maria! Du malst deine Zukunft in schwarzer Farbe. Dem Kind geht es gut. Es ist bald bereit, heraus zu kommen. Du solltest wieder aufstehen und dich etwas bewegen. Draußen ist schöne Luft und die Sonne scheint. Femia wird dich an der einen Seite stützen, ich an der anderen. Wir gehen nur kurz vor die Tür und wieder zurück. Du musst jetzt üben für die Geburt." plaudert Amelie in munterem Ton. Wir helfen Mutter also beim Hinsetzen. Sie ist nicht sonderlich begeistert und schimpft in einer Tour herum. Als sie einige Zeit im Bett gesessen hat, helfen wir ihr beim Hinstellen. Sie klammert sich an unseren Armen fest und wird schneeweiß. Der Kreislauf ist vom vielen liegen total schlapp und muss erst langsam wieder in Schwung kommen.

Wie versprochen stützen wir sie. Langsam gehen wir durch das Haus zur Tür. Ich lege ihr noch einen Umhang um und als wir die Tür öffnen, muss sie blinzeln, weil die Sonne direkt auf uns scheint. Sie scheint das zu genießen, den sie atmet mehrfach ein und aus. Sie hat die Augen geschlossen und genießt den Augenblick... !! Wir bleiben nur einen kurzen Augenblick so stehen. Dann sagt sie: „Ich fühle mich, als wäre ich um das ganze Dorf gelaufen. Bringt ihr mich bitte wieder zurück? „Langsam gehen wir zurück und als sie liegt, kuschelt sie sich in die Decke und schläft fast sofort ein. „Kommst du ein Stück mit?" fragt Amelie leise und ich nicke. Als wir draußen sind, kommt sie sofort zur Sache. „Wie geht es dir? Ist alles gut?" Ich nicke. Wie könnte ich ihr auch meine merkwürdige Lage erklären? Aber ich muss mit irgend- jemanden reden. Sie ist vermutlich die Einzige. Ich muss es versuchen: „Wirklich gut ist hier nichts. Es ist schwer zu verstehen. Ich bin nicht die Femia, die ich immer war. Ich habe mich verändert....." Amelie schau auf ihre Füße und sagt: „Ich wusste es doch, das mit dir etwas nicht stimmt." Ich erschrecke kurz, weil ich nicht weiß, wie ich ihr erklären soll, wie ich hier hergekommen bin und noch viel weniger, was ich tun soll. Ich suche noch nach den richtigen Worten, da spricht sie weiter.

„Du bist ganz anders als früher. Du bist so nett zu vielen Menschen, die du noch vor wenigen Wochen gemein behandelt hast, du kümmerst dich um deine Mutter und die Arbeiten im Haus. Früher warst du jede frei Minute in der Schmiede bei deinem Vater. Also raus mit der Sprache, was ist passiert?" Ich überlege, wie ich die Situation erklären kann und taste mich vorsichtig an das Thema heran:" Es ist so, dass ich in der Nacht geträumt habe. Dort waren wir beide in einer Zelle, die war schmutzig und hat widerlich gerochen, man hat uns schrecklichen Verbrechen angeklagt und wurden hart bestraft...."
Doch Amelie fällt mir ins Wort: „Hast du diese Geschichte wirklich nur geträumt, oder bereits erlebt?" Ich bin sprachlos. Damit hatte ich jetzt nicht gerechnet.

„Woher weißt du das?" frage ich sie. Sie lächelt und antwortet: „Du bist nicht die Erste. Eine Frau war schon einmal hier aus einer anderen Zeit.. Sie hat es mir erklärt. Daher weiß ich davon. Bei dir habe ich es gemerkt, weil du dich sehr verändert hast, darum habe ich einen Test mit dir gemacht: Ich habe dich in mein Haus geschickt, um Rubus-Kraut zu holen. Du hast nicht nachgefragt, welches es ist, oder wo es steht. Trotzdem hast du das richtige Glas gebracht, also musst du lesen können. Die Femia hier konnte nicht einmal ihren Namen lesen." Sie grinst mich dabei ziemlich an. Ich beginne ihr zu erklären, wie ich hergekommen bin. Und ich erzähle ihr auch, dass es ihr Schicksal ebenfalls betrifft und auch Johannes eine große Rolle spielt. Damit hat sie nicht gerechnet. Sie sagt nichts mehr. Also frage ich schnell: „Wie alt bin ich eigentlich? Ich kann mein Alter nicht einschätzen." Wir sind inzwischen bei ihrem Haus angekommen und gehen grade hinein. „Du musst um 16/17 Jahre alt sein. Es ist sehr ungewöhnlich, das du noch bei deinen Eltern lebst. Viele Mädchen in deinem Alter haben schon einen Mann und oft ein Kind. Darum bist du auch immer mit den beiden jüngeren Mädchen unterwegs gewesen. Die Leute im Dorf reden bereits darüber, was mit dir nicht stimmt. Viele haben dich als Mannweib geschimpft und waren auch gemein zu dir. Aber das hat sich gelegt, seit du netter zu den anderen Frauen bist. Du hast dich aber auch wirklich sehr verändert, bist richtig hübsch geworden. Da erzähle ich ihr von meinem Schreck, als ich in ihrem Haus mein Spiegelbild gesehen habe und wie hässlich ich mich selbst fand. Wir sind inzwischen an ihrer Hütte angekommen, und als wir im Haus sind, hält sie mir einen Spiegel hin: „Hier, sieh selbst." Ich schaue hinein und sehe mein Spiegelbild. Ich bin schmaler geworden, habe ein fast feminines Gesicht und einen Hals bekommen. Meine Haare sind durch das bisschen kämmen als lange blonde Haare zu erkennen. Sie sehen hier nicht so schön und gepflegt aus wie zuhause. Aber ich habe mich in der letzten Zeit unglaublich verändert. Ich sehe nicht mehr bollerig und maskulin aus! Ich freue mich richtig.

„Du musst wieder nach Hause. Wenn Wilhelm heimkommt und keiner bei Maria ist, wird er wütend werden", sagt Amelie. Ich verabschiede mich und laufe schnell los. Zuhause habe ich grade den Tisch gedeckt, als David und Vater hereinkommen. Die beiden haben gute Laune und scherzen herum und balgen. Als ich das Essen zu Mutter bringen will, sagt diese: „ Hilf mir hoch. Ich möchte mit am Tisch essen. Dann wird Vater sich freuen".

Also helfe ich ihr beim Aufstehen und wir gehen langsam zum Tisch. Als Vater sie bemerkt, springt er auf und kommt her um sie zu stützen. „Maria, das ist ja wunderbar. Du kannst aufstehen. Ich freue mich so!" sagt er und gibt Mutter einen zärtlichen Kuss. Als wir beim Essen sind, sagt Vater: „Heute ist ein guter Tag. Mutter ist auf dem Weg der Besserung und Johannes hat um Erlaubnis gebeten, Femia zu treffen. Vielleicht finden wir doch noch einen Mann für sie. Ich verschlucke mich fast an dem Stück Brot. Was soll das denn heißen?? Als ob mich keiner will. Ich sehe doch ganz hübsch aus! Doch Vater sagt: „Femia, ich habe Johannes erlaubt, dich heute zu einem Spaziergang abzuholen. Also mach dich etwas zurecht. Und versuche wenigstens mal, den Jungen nicht beim ersten Treffen zu vergraulen!" Jetzt bin ich platt. Was soll das denn heißen?!?! David hält sich die Hände vors Gesicht, sonst würde er losprusten vor Lachen. Ich stehe abrupt auf und der Stuhl scharrt über den Boden. Ich gehe raus zum Brunnen und wasche mein Gesicht. Dann nehme ich den groben Kamm und versuche durch meine lange Mähne zu kämmen. Vielleicht sollte ich sie zu einem Zopf flechten, damit sie nicht so wuschelig werden. Aber jetzt lasse ich die Haare offen und muss zugeben: Ich freue mich auf das Treffen mit Johannes. Da klopft es auch schon an der Tür. Vater öffnet und Johannes steht davor. Ich höre noch wie Vater ihm zuraunt: „Lass dich von Kratzbürstigkeit nicht abschrecken" als ich mich an ihm vorbei schiebe. „Danke Vater. Sehr hilfreich", kann ich mir nicht verkneifen und gehe Richtung Wald davon. Johannes hat mich schnell eingeholt. Er trägt einen Korb bei sich und grinst etwas schief. „Hallo. Entschuldige, wenn ich dich überrumpelt habe, aber ich wusste nicht, wie ich dich fragen soll." Sofort ist meine Wut verflogen und ich bekomme wieder Kribbeln im Bauch bei dieser schönen Stimme. „Wo gehen wir eigentlich hin?", frage ich. „Eigentlich habe ich mir nichts Bestimmtes vorgenommen. Ich bin nur froh etwas Zeit mit dir verbringen zu können", antwortet er und schaut mich offen an. Jetzt ist es an mir, den Blick zu senken und mich für mein Benehmen etwas zu schämen.

„Ich weiß aber, wo wir hingehen können. Der Weg dorthin ist etwas beschwerlich, aber die Aussicht ist wunderschön," sagt er und ich antworte: „Na dann, los!" Wir gehen nebeneinander her und reden über alles Mögliche. Er erzählt von der Arbeit bei meinem Vater. Er ist total begeistert und man hört, wie viel Spaß ihm die Arbeit macht. Vater hat ihm sogar erlaubt ein Schwert zu schmieden. Es ist nicht so perfekt wie die von Vater, sagt Johannes, aber es ist das erste, das er selbst gemacht hat. Er hört sich wirklich stolz an.

Als ich ihn nach seiner Familie frage, ist seine fröhlich Art und die gute Laune dahin. Das ist wohl ein riskantes Thema. Er fängt stockend an zu erzählen. Sein Vater hat das Sagen über alle im Haus. Seine Mutter muss alles tun, was er sagt und leidet ziemlich unter den Wutausbrüchen des Vaters. Nur die Schwester – Barbara – kann sich gegen den Vater durchsetzen. Sie kann ihn sogar beeinflussen, sodass er auf Barbara hört. Diese hasst Johannes von ganzem Herzen und macht ihm das Leben zur Hölle. Sie hat auch herausgefunden, dass er meinem Vater hilft. Daraufhin sei sein Vater furchtbar wütend geworden und hat Johannes verboten weiterhin dorthin zu gehen. Für ihn muss das schlimm sein, denn er schaut bedrückt nach unten. „Ich soll – wie mein Vater – dem König dienen und Recht über die Menschen sprechen. Aber ich will nicht entscheiden, ob jemand stirbt, weil er Korn behalten hat und im anderen Fall verhungert wäre. Ich will mit meinen Händen arbeiten, so wie es dein Vater macht. Meine

Familie versteht das nicht. Und Barbara wiegelt meinen Vater immer mehr auf." Er schaut so traurig, das ich meine Hand auf seinen Arm lege. Er schaut mich an und mir rutscht das Herz in die Magengegend.

Dann nimmt er meine Hand in seine und wir gehen schweigend weiter. Seine Hand ist fest und warm und es ist ein schönes Gefühl, so mit ihm zu gehen. Als wir auf eine Lichtung kommen, weiß ich sofort, dass dies der Platz ist, zu dem er wollte: Wir stehen auf einer schönen Gras- und Moosfläche. Nach vorne kann man weit schauen, über ein waldbedecktes Tal. Hinter uns haben die Bäume einen Halbkreis um uns gebildet. Man kann nicht mehr den Weg finden, da die Blätter eine grüne Runde bilden. Die Sonne steht schon etwas tiefer und der Himmel ist orange und blau. Nur einige Strahlen blinzeln durch das Blätterdach über uns. Es ist richtig schön hier. Johannes setzt sich ins Gras und holt aus dem Korb etwas zu trinken und einige Sachen zum Essen. Ich setze mich dazu. Es ist irgendwie peinlich, weil keiner etwas sagt. Also frage ich ihn: „Hat mein Vater dich überredet mit mir auszugehen?" Er schaut mich an, als hätte ihn jemand geschlagen und antwortet: „Warum sollte er das tun? Ich hätte dich schon viel früher fragen wollen, hatte aber Angst du würdest mich verhauen. Das kannst du jetzt nicht mehr so einfach", antwortet er und grinst mich frech an. Ich muss auch grinsen, denn er ist wirklich so groß und kräftig, das ich keine Chance mehr hätte. Aber trotzdem antworte ich: „Ich könnte dich vermutlich nur zu Boden kitzeln!" Schließlich ist Adam ganz dolle kitzelig. Warum sollte Johannes das nicht sein?! „Ha ha ha, da gehe ich ja eher vor Lachen zu Boden", antwortet er. Das ist genug.

Ich werfe mich zu ihm herüber und greife mit den Nägeln in seine Seite. Er zuckt auch sehr zusammen und fängt an zu kichern. Dann jedoch klemmt er mit seinen Armen meine Hände ein und ich kann mich nicht mehr bewegen. Unsere Gesichter sind dicht beieinander. Ich kann seinen Atem spüren und merke, wie schnell er geht.

„Wie lange hab ich mir gewünscht dir so nahe zu sein. Dich in den Armen zu halten. Dich zu küssen", raunt er mir mit seiner verführerischen Stimme zu. Ich schließe die Augen und drücke mich an ihn. Er lässt die Arme lockerer und lässt diese etwas abwärts rutschen. Meine Hände wandern zu seiner Brust. Ganz sanft berühren sich unsere Lippen. Ich halte einfach still und zwischen unseren leicht geöffneten Mündern geht unser Atem hin und her. Irgendwann halte ich das nicht mehr aus. Meine Hand gleitet zu seinem Hemd und ich ziehe ihn dichter zu mir her. Da kommt Leben in Johannes. Er umschlingt mich mit seinen Armen, dreht mich seitlich in seine Armbeuge und legt mich vorsichtig auf den Boden. Mein Kopf liegt auf seinen kräftigen Armen. Er liegt auf der Seite, ganz dicht bei mir.

Wir küssen uns stärker und stärker. Als ich meine Zunge mit der Spitze in seinen Mund schiebe, gibt er ein merkwürdiges Geräusch von sich und rutscht etwas von mir weg: „Eufemia, was machst du mit deiner Zunge und woher kennst du so was?" fragt er entsetzt. Ich muss etwas grinsen. „Das ist mir so in den Sinn gekommen. Es fühlt sich ganz schön an. So dicht bei dir zu sein." sage ich ernst. Er ist scheinbar besänftigt und etwas neugierig zu sein. Er kommt wieder näher heran und dieses Mal öffnet er seinen Mund um seine Zungenspitze zu mir zu lassen. Als sie sich treffen, ist es fast wie kleine Stromstöße. Wir bewegen sie vorsichtig zueinander und wieder etwas fort. Es ist unglaublich schön und fühlt sich an, als hätte ich hundert Schmetterlinge in meinem Bauch umherfliegen. Als ich grade merke, wie sich in Johannes Hose etwas rührt, springt dieser auf und geht ein paar Schritte von mir weg.

„Johannes, was ist los?" frage ich erschrocken. Ich gehe hinüber und lege eine Hand auf seinen Arm. Doch er schüttelt ihn wütend ab und schimpft: „Nein, Lass mich. Es ist nicht sicher für dich. Ich habe meinen Körper nicht mehr unter Kontrolle. Ich will dir nicht wehtun." Da wird mir erst klar, dass er keine Ahnung hat, was mit seinem Körper passiert ist und was noch passieren wird. Muss ich ihm das erklären? Kann ich das, ohne das er einen falschen Eindruck von mir bekommt? Vielleicht nicht heute. Ich muss erst überlegen, wie ich das anstelle. Also bitte ich ihn: „Lass uns wieder den Heimweg antreten. Wir können uns ja morgen wieder treffen". Er schaut mich überrascht an. „Du würdest dich wieder mit mir treffen, nachdem was grade passiert ist?"

„Johannes, der Abend war so schön. Ich bin gerne mit dir zusammen. Du bist ein toller Mann und ich fühle mich sehr geehrt, dass dein Körper so auf mich reagiert. Mein Körper reagiert auch so. Das kannst du nur nicht sehen, weil es innen passiert", versuche ich zu erklären. Er schaut mich erstaunt an: „Wirklich?" fragt er und ich nicke. Er scheint beruhigt. Gemeinsam packen wir alles ein und treten den Heimweg an. Da es schon etwas dämmerig ist, nimmt er meine Hand. „Ist das für dich in Ordnung?" fragt er. Ich strahle ihn an und sagt: „Es ist mir eine Ehre"!

Dann bringt er mich nach Hause und wir verabreden uns für den nächsten Tag. Meine ganze Familie sitzt am Tisch und schaut mich gespannt an, als ich hereinkomme.

„Na, wie war der Abend?" fragt Vater. Und dabei sieht er ziemlich zufrieden aus. Ich kann nicht anders und setze eine ernste Miene auf: „Johannes hat ein blaues Auge und zwei Zähne fehlen ihm!" Als meinem Vater die Farbe aus dem Gesicht weicht und ihm die Kinnlade herunterfällt, fange ich an zu lachen: „Nein, das stimmt nicht. Ich wollte dich nur ärgern. Wir hatten einen wunderschönen Abend. Morgen treffen wir uns wieder, wenn ihr es erlaubt," bringe ich kichernd hervor. Mein Vater atmet erleichtert aus und nickt sofort begeistert. Meine Mutter schaut mich wissend an. Sie steht auf, nimmt mich in den Arm und sagt: „Ich freue mich für dich. Johannes ist ein guter Junge. Er wird gut auf dich Acht geben." Dann geht sie in Richtung Bett davon.

Ich glaube, in dieser Nacht kann ich kaum schlafen, weil ich mich so auf den nächsten Tag freue. Es ist, als würde ich noch immer seinen Atem an meinem Mund spüren.

Immer wieder taucht Johannes einfach auf, wenn ich Arbeiten verrichten muss, bei denen ich alleine bin. Manchmal kommt er einfach vorbei und wir gehen zusammen in den Wald. Wir suchen uns einen Platz an einem Baum im Moos und kuscheln uns aneinander. Wir küssen uns, doch ich achte darauf, nicht zu stürmisch zu sein. Das fällt mir sehr schwer, denn ich möchte ihm so nah wie möglich sein. Wir reden über vieles und irgendwann fragt er mich, ob ich einmal eine Familie haben möchte und für die Antwort muss ich nicht lange überlegen und nicke. Er strahlt und erzählt mir, das er nie gedacht hätte, das wir beiden jemals ein Paar werden könnten und das er mich schon liebt, seit er denken kann. Ich spüre, wie ich rot werde und frage ihn: „So, Du liebst mich also?" Jetzt wird auch er etwas rot, aber auch ganz ernst. Er nimmt meine Hand und zieht mich etwas zu sich her. „Ja, ich liebe Dich und möchte immer mit Dir zusammen sein, meine Femia." Oh, mir wird so flau im Magen und ich kann nur stammeln: „Ich liebe dich auch." Und wieder küssen wir uns und er hält mich so vorsichtig im Arm, als wenn er Angst hat, mir weh zu tun.

Am nächsten Tag gehe ich meinen Arbeiten wie gewohnt nach. Doch ich denke immer an Johannes. Ich habe mich in meinen besten Freund verliebt.

Aber ich habe ihn schon immer geliebt, auch in unserer Zeit, aber halt anders. Jetzt kann ich mir ein Leben ohne ihn nicht mehr vorstellen. Und ich will ihn so sehr spüren, in mir! Das verwirrt mich total. Das Gefühl hatte ich noch nie, nicht so stark. Ich muss mich so sehr beherrschen, ihm nicht die Kleider vom Leib zu reißen! Aber ich muss mich zusammenreißen und ihm die Führung und das Tempo überlassen.

Es ist noch nicht die nächste verabredete Zeit, da steht er bereits vor der Tür. Er schnappt sich meine Hand und marschiert in Richtung Wald. Ich habe Last, hinter ihm her zu kommen. Als wir grade hinter den schützenden Bäumen verschwunden sind, lässt er meine Hand los und tritt gegen einen dünnen Baum. Dieser knackt bedenklich und steht auch etwas schief da. Johannes sieht richtig wütend aus. Habe ich etwas falsch gemacht? Er läuft hin und her, wie ein Tiger im Käfig. Langsam bekomme ich etwas Angst vor ihm. „Was ist los? Du machst mir Angst," sage ich.

Der Ton in meiner Stimme holt ihn aus seiner Wut heraus. Er kommt auf mich zu. Sein Gesicht sieht auf einmal ganz verletzlich aus. Er legt seine Hände auf meine Schulter und legt seine Wange auf meinen Kopf. „Mein Vater hat mir verboten, mit dir zusammen zu sein. Außerdem soll ich sofort bei ihm lernen. Ich darf auf keinen Fall weiter bei deinem Vater arbeiten. Ich bin so wütend. Am liebsten würde ich ihn umbringen und Barbara gleich dazu, diese Verräterin," erklärt er mir traurig.

„Hast du versucht mit deinem Vater zu reden? Kannst du ihm nicht erklären, das du lieber mit den Händen arbeitest?" frage ich vorsichtig. Aber er schnaubt nur und sagt: „Er hört mir doch nie zu. Immer muss ich tun, was er von mir verlangt."

Doch mir fällt etwas ein: „Du hast jetzt so viel Kraft. Du kannst ihn zwingen dir zuzuhören. Körperlich bist du ihm doch überlegen", sage ich. Aber er schüttelt den Kopf. „Dann darf ich nicht dort im Haus wohnen. Ich stehe nicht auf eigenen Beinen. Wo soll ich hin? Er hat mich in der Hand. Außerdem würde er deinem Vater das Leben zu Hölle machen, wenn er mich – gegen seinen Willen – weiterhin dort arbeiten lässt. Mein Vater hat seine Methoden. Das würde ich Wilhelm nie zumuten. Dafür mag ich ihn viel zu gerne." Er schaut traurig nach unten: „Ich werde tun müssen was er sagt". Na, das ging ja schnell ! ! !

„Wenn du etwas erreichen willst, musst du dafür kämpfen Wenn du so schnell aufgibst, kann ich dir ja nicht viel wert sein!" schimpfe ich und will Richtung Heim davon stürmen. Doch er ist mit einem Satz bei mir, schnappt mich an der Taille und dreht mich zu sich. Dann hält er mich ganz fest. Er sieht, das ich Tränen in den Augen habe und wischt mir eine herunterlaufende vorsichtig mit dem Daumen fort. Er schaut traurig auf seine Füße und sagt: „Du hast ja recht, aber ich weiß noch keinen Ausweg."

„Wir werden einen Weg finden zusammen zu sein.

Wir müssen zusammenhalten. Vielleicht können wir meine Eltern fragen, was wir tun können. Es muss eine Lösung geben!" erwidere ich. „Heißt das, du möchtest bei mir sein? Wir werden das gemeinsam schaffen?" fragt er.

Als ich nicke, lässt er mich los. Er behält meine Hand in seinen Händen und sinkt auf die Knie – na eigentlich auf eines. Als er zu mir hochschaut, hat er einen glasigen Blick und sagt: „Eufemia, bitte werde meine Frau". Oh ha. Damit habe ich nicht gerechnet. Aber ich bin so gerührt, das ich fast anfange zu weinen und wieder nur nicke. Er steht strahlend auf und hebt mich hoch. Dann wirbelt er mich durch die Luft. Wir drehen uns und drehen uns. Als er endlich anhält und mich etwas zu sich herunter lässt, gibt er mir einen zärtlichen Kuss. Ich bin froh, dass er mich hält, sonst würde mir der Boden unter den Füßen verschwinden. Wir reden noch über vieles und gehen viele Möglichkeiten durch. Am nächsten Tag will Johannes erst einmal meine Eltern um Erlaubnis bitten. Aber die sind bestimmt einverstanden. Es wird langsam dunkel. Wir haben etwas die Zeit vertrödelt. Also bringt er mich nach Hause. Vor der Tür gibt er mir noch einen kurzen Kuss und raunt mir ins Ohr: „Wenn deine Eltern zustimmen, können wir wie Mann und Frau zusammen sein. Dann wird uns nichts mehr trennen." Dann geht er davon.

Ich bleibe noch etwas draußen stehen. Ich habe Angst, dass meine Familie mich sonst löchern wird. So glücklich war ich bestimmt noch nie!!! Ich fühle mich auf jeden Fall ganz leicht und wunderbar. Und ich sehne mich schon jetzt nach Johannes, obwohl er grade erst gegangen ist. Aber ich muss wohl oder übel den nächsten Morgen abwarten.

Am nächsten Morgen kommt Amelie wieder, um Mutter zu untersuchen. Danach ist sie kurz angebunden. Sonst versprüht sie immer Lebensfreude und gute Laune.

Sie redet uns immer ein, nur Gutes zu sagen und zu denken, sonst würden wir das schlechte, was wir denken, her wünschen. Also frage ich sie, was los ist. Sie erklärt mir mit ernster Miene, dass sich das Baby gedreht hat. Es hat die Füße nach unten. Das ist so aber nicht richtig. Der Kopf muss nach unten zeigen. Bei der jetzigen Größe ist es eigentlich nicht mehr möglich, dass sich das Kind noch dreht. Es hat sehr wenig Platz. Mit jedem Tag wird es unwahrscheinlicher, dass es sich wieder in die richtige Richtung bewegt. Wenn es aber so bleibt, ist es für Mutter und Kind sehr gefährlich.

Entweder kann das Kind dann gar nicht heraus, dann stirbt das Kind im Körper. Die Mutter wird sterben, weil das tote Kind wie ein Gift im Körper wird. Wenn es doch heraus kann, wird Maria innerlich stark verletzt werden und viel Blut verlieren. Und das Kind kann starke Schäden an den Beinen bekommen. Dann wird es für immer ein Krüppel sein. Ich bin entsetzt, wie schrecklich das enden kann. In meiner Welt könnte man beide retten.

Was immer hier passiert, man wird Amelie die Schuld dafür geben. Jetzt weiß ich, was der Grund für ihre Hinrichtung ist. Daran habe ich nicht mehr gedacht. Ich bin so glücklich mit Johannes, dass ich vergessen habe, warum ich hier bin. Das muss ich Amelie jetzt in allen Einzelheiten erklären: Ich erzähle ihr noch einmal die Zusammenhänge zu meiner Reise und versuche ihr klarzumachen, dass sie in großer Gefahr ist: „Du musst dich von unserem Haus fernhalten", versuche ich es. „Das ist zwecklos, alle im Dorf wissen, dass ich deine Mutter untersuche. Alle Frauen holen mich bei Schwangerschaft und Geburt." erklärt sie mir. „Dann musst du fortgehen! Sofort!" sage ich. „Nein. Dann würde ich deine Mutter im Stich lassen. Das kommt nicht in Frage! Außerdem würden die Leute erst recht denken, ich hätte etwas Unrechtes getan. Ich hoffe außerdem, dass alles gut geht und Mutter und Kind gesund sind. Dafür werde ich beten." sagt sie und legt die Hand auf meinen Arm.

„Aber sag, wie geht es Johannes? Ich hörte, er hat Streit mit seiner Familie. Er hat seinen Vater so vor den Kopf gestoßen, weil er sich ihm widersetzt hat, dass dieser gedroht hat, ihn auspeitschen zu lassen und einzusperren." sagt Amelie leise. Ich bin wie vor den Kopf gestoßen! Ich wusste davon nichts und mache mir Sorgen. Ganz in Gedanken versunken erwidere ich: „Das habe ich nicht gewusst. Ich hätte doch nie zugestimmt seine Frau zu werden, wenn ich von dieser Gefahr gewusst hätte."

Da werde ich stürmisch umarmt und Amelie drückt mich an sich: „Das ist ja wunderbar. Johannes ist schon so lange in dich verliebt, das ich schon gefürchtet habe, er geht in ein Kloster. Und deine Wutausbrüche galten auch stets nur ihm. Keinen anderen Jungen hast du so sehr geärgert. Das daraus einmal Liebe wird, habe ich fast nicht mehr geglaubt." ruft Amelie begeistert.

Den Rest des Tages bin ich so in Gedanken, dass ich mich kaum auf meine Arbeiten konzentrieren kann. Was soll ich bloß tun? Wie kann ich Amelie helfen? Wie Mutter? Was soll ich mit Johannes anfangen? Ich möchte so gerne mit ihm zusammen sein. Es fühlt sich so wunderbar an. So richtig!! Aber darf ich so egoistisch sein, wo ich doch jetzt weiß, in welcher Gefahr er schwebt? Und was muss ich tun, damit ich wieder in meine Zeit zurück kann. Meine Zeit - dort fühle ich mich mehr fehl am Platz als hier. Als Johannes am Abend da ist, bekomme ich wieder dieses Kribbeln im Bauch. Schon wenn ich seine Stimme höre, würde ich mich am liebsten in seine Arme werfen. Wenn ich ihn anschaue, scheint die Welt still zu stehen. Ich höre mich vermutlich total schmalzig an. So würde ich im meiner Welt niemals reden, vermutlich nicht einmal denken. Aber ich glaube, ich war auch noch nie so verliebt.

Wenn ich ihn anschaue, sind alle Zweifel fort, die Angst und Gefahr ist vergessen. Ich will ihn mit jeder Faser meines Körpers und werde alles dafür tun.

Wie erwartet, waren meine Eltern begeistert und haben sich sehr gefreut. Zumal Johannes eine sehr große Summe als Brautgeld für meinen Vater mitgebracht hat. Dann beginnen wir unsere Probleme anzusprechen. „Meine Eltern werden nicht für diese Verbindung sein. Sie werden einer Trauung in der hiesigen Kirche nicht zustimmen und der Geistliche wird sich meinem Vater nicht widersetzen. Außerdem hat er mir verboten, bei Wilhelm in der Schmiede zu arbeiten. Was sollen wir bloß tun?" fragt er meine Eltern. Vater muss nicht lange überlegen. „Ihr habt hier keine Zukunft. Nehmt alle eure Sachen und geht in eine andere Stadt. Hier wird deine Familie niemals Ruhe geben. Außerdem ist hier nur ein Schmied von Nöten. Da David dieses Handwerk von mir erlernt, werde ich es nicht dulden, das du hier ebenfalls eine Schmiede betreibst. Für zwei ist einfach nicht genug Arbeit. Aber du hast viel gelernt und gut gearbeitet. Also kannst du überall eine eigene Schmiede betreiben. Ich werde Euch das Brautgeld geben, so könnt ihr alles Notwendige besorgen", sagt Vater und klopft Johannes aufmunternd die Schulter. Doch Johannes schüttelt den Kopf: „ Das wird nicht nötig sein. Ich habe genug Geld, um eigenes Werkzeug zu kaufen und uns eine Weile zu ernähren, sogar für einen Wagen und ein Pferd wird das Geld reichen. Ich habe mehr Bedenken, das Vater uns nicht gehen lassen wird und mich notfalls mit Gewalt zurückholt."

Wir sprechen noch eine ganze Weile mit Mutter und Vater über unsere Gedanken und Probleme. Dann beschließen wir, noch einen Spaziergang zu machen um uns über das weitere Vorgehen klar zu werden.

Schnell sind wir uns einig, dass die Idee meines Vaters unsere einzige Chance ist. Wir beschließen also, gemeinsam von hier weg zu gehen und unsere eigenen Familien und Freunde hinter uns zu lassen. Allerdings muss ich Johannes noch um etwas Aufschub bitten. „Mutter erwartet ein Kind. Ich möchte die Geburt abwarten und dabei sein. Vielleicht brauchen Mutter und Amelie meine Hilfe." Johannes schaut besorgt. „Das kann noch einige Wochen dauern. Amelie hat fast jedes Baby hier zu Welt gebracht. Sie wird es auch ohne deine Hilfe schaffen." Dann bleibt mir keine andere Wahl und ich erzähle ihm von dem Versprechen das ich Mutter gegeben habe und von der Drehung des Kindes und die Gefahren für beide. Ich kann ihm leider nicht erzählen, dass Amelie ebenfalls in großer Gefahr ist, und ich sie auch mitnehmen muss...

Er ist nicht besonders glücklich mit dieser Situation, nimmt mich aber in seine Arme und verspricht mir, diese Zeit noch zu warten. Wir beschließen, uns in den nächsten Tagen und Wochen sehr mit Vorsicht zu treffen und alles genau zu planen. Den genauen Zeitpunkt für unsere „Flucht" können wir noch nicht festlegen, dafür können wir im Verborgenen planen. Wir werden uns dann jeden Tag sehen und darauf freuen wir uns beide sehr.

Wir sind ganz euphorisch und achten nicht auf die Welt um uns herum. Wir sind auf dem Weg zu unserem Lieblingsplatz im Wald. Wir halten uns an den Händen, zwischendurch legt Johannes den Arm um meine Taille. Bei ihm fühle ich mich wohl und beschützt. Solange wir zusammen sind, werde ich alles ertragen? Ich habe das Gefühl, wir können alles schaffen und erreichen.

An einem umgestürzten Baum bleibt er stehen und zieht mich zu sich heran: „Darauf habe ich mich schon seit gestern Abend gefreut. Endlich sind wir allein", raunt er mir zu und küsst mich ganz vorsichtig. Dann lässt er mich los und setzt sich auf den Baumstamm. Er schaut mich nur an. Ich gehe zu ihm herüber und schaue jetzt etwas zu ihm herunter. Er umschlingt meinen Körper mit seinen Armen und presst sein Gesicht an meinen Bauch. Ich fahre mit den Händen durch seine Haare. Dann setze ich mich zum ihm. Rittlings auf seinen Schoß! Er sieht mich erstaunt an, sagt jedoch kein Wort und gibt mir einen Kuss. Seine Küsse sind noch vorsichtig. Fast, als hätte er Angst mich zu zerbrechen. Doch immer fordernder spielt er mit seiner Zunge. Immer gieriger presst er mich an sich. Und ich würde am liebsten sofort hemmungslos über ihn herfallen. Aber ich weiß ja nicht, wie er reagiert, wenn ich jetzt einfach die Führung übernehme. Also überlasse ich ihm das Tempo. Tatsächlich wird er mutiger. Er greift fest meinen Po und knetet ihn. Mir fällt es immer schwerer, mich zu beherrschen. Als ich anfange zu stöhnen, hält er sofort an und fragt: „Was ist, habe ich dir weh getan?" Als Antwort ziehe ich mich dichter an ihn heran und schlinge meine Beine um ihn. Dieses Mal küsse ich ihn und zwar „ziemlich unsittlich". Ich beginne mit dem Becken zu kreisen und dieses im Rhythmus zu bewegen. Er geht mit und jetzt stöhnt er leicht auf. Seine Lederhose gibt wohl nicht genug nach....

Er versucht mich wegzuschieben und raunt mir ins Ohr: „Femia, was tust du mit mir?" und ich antworte: „Wir sind doch fast Mann und Frau. Wir haben uns einander versprochen. Aber wenn du es willst, höre ich auf!" und löse meine Beine von seinem Körper. Schnell habe ich das eine Bein über ihn rüber geschwungen und stehe neben ihm, doch schnell greift er meine Hand. „Nein, auf keinen Fall. Ich möchte dich ganz dicht spüren."

Mit der einen Hand hat er schnell seine Hose geöffnet. Er schaut mit rotem Kopf nach unten, vorbei an seinem erregten Penis, der groß nach oben zeigt. Vorsichtig gehe ich dichter zu ihm. Ich beginne durch seine Haare zu streichen und senke mein Gesicht zu seinem herunter. Ich küsse ihn und ohne sich zu rühren, erwidert er meinen Kuss. Dann ganz langsam hebe ich mein Bein über seinen Schoß. Ich stehe direkt über seinem Glied, doch so einfach ist das nicht. Vom Kopf weiß ich natürlich, was ich tun muss, aber mein Körper ist noch sehr jung und hat von meinen Erfahrungen keine Kenntnisse. Ich bin ja noch „Jungfrau" und so wimmere ich auf, als ich mich ganz langsam zu ihm herunter bewege und Johannes in mich eindringt. Er ist sofort erschrocken und will mich hochheben. „Hab ich dir wehgetan? Soll ich aufhören? "fragt er besorgt. „Es ist alles gut", sage ich und beginne mich vorsichtig zu bewegen. Ich merke, dass er und sein Körper vollkommenes Neuland betreten. Er ist ganz verkrampft. Irgendwann kann er nicht anders und passt sich meiner Bewegung an. Als er kommt, lässt er alle Hemmungen los, bäumt sich auf und stößt einen langen gepressten Atemzug aus um danach entspannt an meinen Körper zu sinken. Aber ich bewege mich einfach weiter und er setzt wieder neugierig mit ein. Als er merkt, dass ich ebenfalls einen Orgasmus bekommen habe und mich erschöpft an seine Brust sinken lasse, nimmt er mich in den Arm und legt seinen Kopf an meinen. Als wir beiden wieder etwas zu Atem gekommen sind, sagt er: „Dein Körper reagiert wirklich wie meiner. Wir sind füreinander bestimmt. Wir sind bereits jetzt Mann und Frau." Genau so fühlt es sich wirklich an. Einfach schön! Ich würde jetzt so gerne an Johannes geschmiegt einschlafen. Aber wir müssen bald zurück. Meine Familie würde sich Sorgen machen. Seine würde vermutlich Sicherheits-truppen schicken. Also lösen wir uns voneinander, obwohl es uns beiden schwerfällt. Eng umschlungen und mit heißen Gesichtern treten wir den Rückweg an. Wir verabreden uns wieder für den nächsten Tag, dann geht er. Ich gehe sofort schlafen, denn ich bin vollkommen erschöpft und glücklich zugleich.

Am nächsten Tag fühlt sich alles zwischen meinen Beinen kaputt an. Und ich habe Muskelkater. Die Stellung war für den Anfang auch nicht besonders geeignet. Vielleicht nehmen wir beim nächsten Mal lieber was leichteres! Ich muss vor mich hin grinsen.

Alle am Tisch starren mich an. „Was ist?" frage ich. Und meine Familie fängt an zu lachen. „Du sitzt hier am Tisch und auf einmal ziehen sich deine Mundwinkel von einem Ohr bis zum anderen", sagt David. Ich merke, wie mein Kopf ziemlich warm wird. Mein Gesicht glüht bestimmt im schönsten Rot. Die drei anderen fangen wieder an zu lachen. „Ich möchte gerne wissen, an was du gedacht hast", sagt David. Und Vater murmelt: „Ich kann es mir schon denken", und grinst Mutter an. Sie wird etwas rot im Gesicht und gibt ihrem Mann einen Klaps auf den Arm.

Johannes trifft eine Entscheidung

In den kommenden Wochen können Johannes und ich uns nur selten sehen. Sein Vater lässt ihn regelrecht bewachen. Doch mein Vater und David finden immer Wege, kleine Nachrichten von ihm zu überbringen. Einige Tage nach unserem letzten Treffen kommt David nach Hause und erzählt mir, das Johannes einen Wagen gekauft hat und diesen bei Freunden meiner Eltern verstecken kann. Bei ihnen können wir alles unter-stellen, was wir bereits für unser neues Leben haben. Zum Glück bin auch ich mit Arbeit eingedeckt und bleibe jede Minute bei Mutter. So habe ich nicht die Möglichkeit ständig an

Johannes zu denken und vor Liebeskummer verrückt zu werden.

Als Amelie wieder nach Mutter schaut, sagt sie: „Das Baby kann jederzeit kommen. Gedreht hat es sich nicht mehr. Sobald deine Mutter dir Bescheid gibt, dass die Geburt losgeht, musst du mich holen lassen. Bitte, gehe nie weit fort. Es kann alles sehr schnell gehen, schließlich ist es bereits das dritte Kind und alle Wege sind noch geweitet."

Mutter hat so gute Laune und erzählt Amelie von unserem Vorhaben, mir stockt kurz der Atem und ich ziehe scharf die Luft ein. Doch mein kurzer Schreck ist schnell verschwunden, als ich Amelies strahlendes Gesicht sehe. „Kinder, das sind ja tolle Neuigkeiten! Kann ich etwas für Euch tun? Braucht ihr etwas?" Ich denke kurz nach und nicke dann: „Wir brauchen noch alles!" antworte ich. „Was würdest Du mitnehmen, wenn du so einen Neuanfang planst", frage ich sie. Aber sie denkt nach und sagt dann: „Ich werde darüber nachdenken und zusammenpacken, was ihr gebrauchen könnt. Da ihr schon einen Wagen habt, könnt ihr einiges mitnehmen und braucht es nicht tragen". Dann geht sie und verspricht, am nächsten Tag wieder zu kommen.

An einem Tag kann sich Johannes von zuhause fort schleichen. Ich hole ihn ins Haus, denn Mutter alleine lassen kann ich nicht. Dann stehen wir eng umschlungen da und versichern uns, das wir uns lieben und wir bald zusammen sein können. Ich erzähle ihm von Amelie und das auch sie Sachen für uns sammelt und David schon einiges zu unserem Wagen bringen konnte. Darüber freut er sich zwar, aber irgendetwas scheint ihm Sorgen zu machen. Als ich ihn frage erzählt er: „Ich versuche seit Tagen ein geeignetes Pferd zu finden, das den Wagen ziehen kann, aber ich kann keines finden. Die Leute stelle merkwürdige Fragen, wenn ich ein Pferd kaufen möchte, das einen Wagen ziehen kann. Und ich will nicht riskieren, dass Vater etwas davon erfährt." Kurz darauf muss er wieder nach Hause und verlässt vorsichtig unsere Hütte. Als Vater nach Hause kommt, erzähle ich ihm von der Schwierigkeit mit dem Pferd und er verspricht, darüber nachzudenken.

Einen Tag später taucht Vater ungewohnt früh zuhause auf und ich schaue ihn fragend an. Er legt seinen Arm um meine Schulter und sagt: „Ich glaube, ich habe das passende Pony für Euch gefunden. David, lauf und versuche Johannes zu finden. Wir treffen uns bei Jon am Wagen." David verlässt das Haus und ich will mit Vater mitgehen, da fällt mir ein, das ich ja nicht mitgehen kann, weil ich bei Mutter bleiben soll. Ich schaue traurig und setze mich auf den Stuhl. Doch Vater schmunzelt und sagt: „Wenn wir fertig sind, werde ich David sagen er soll nach Hause kommen, dann kannst Du alles anschauen, was wir schon haben. Aber ich weiß nicht, von wem David und Vater immer gesprochen haben und frage daher vorsichtig: „Bei wem steht der Wagen noch einmal?" Vater schaut mich erstaunt an: „Bei Jon, Greta und Elisabeth, deiner Freundin. Was ist bloß manchmal mit dir los? Vergisst deine beste Freundin!" Dann geht er hinaus.

Als David später kommt, kann er sich das Grinsen nicht verkneifen. „Vater hat ein wunderschönes Pferdchen für euch gefunden. Geh schnell, schau es dir an. Johannes wartet auf dich. Nach dem Fest hatte ich Elisabeth nach Hause gebracht, daher weiß ich jetzt, wo ich Johannes treffe. Ich renne den Weg zu der etwas abgelegenen kleinen Hütte.

Im kleinen Stall erwartet mich Johannes bereits und lächelt mich schief an. Hinter ihm steht ein Wagen und daneben steht ein dickes Pony und schaut aus einer dicken Mähne zu mir rüber. „Das ist nicht die Art Pferd nach der ich gesucht hatte," sagt Johannes. Aber ich gehe zu „unserem" Pferdchen, streichele ihm das Gesicht unter der wuscheligen Mähne, strahle Johannes an und sage: „Das ist unser Pferd, es ist gutmütig und nett und wird uns in unser neu-es Zuhause bringen. Wie heißt es denn?" Johannes sieht mich fragend an. „Es hat keinen Namen, es ist nur ein Gaul! „Aber ich bin so glücklich, das unsere Liste immer kürzer wird, das ich beschließe: „Ich glaube Rudi würde gut zu ihm passen." Jetzt grinst auch Johannes und sagt: „Gute Idee, aber es handelt sich hier um ein weibliches Pony!" Oh, das hab ich nicht gewusst. „Okay, dann halt Runi". Jetzt lacht er, nimmt mich in den Arm und sagt: „Also soll un-ser Pferdchen Runi heißen." Gemeinsam setzen wir uns auf den Wagen und er erzählt mir, in welchen Dörfern er bereits mit seinem Vater war, welche daher nicht in Frage kommen und in welche Richtung wir am besten gehen können. In einem kleinen Ort hat es ihm besonders gefallen. Die Leute dort leben auf kleinen Höfen, direkt am Meer. Dort gibt es viele Fischer und einen kleinen Hafen. Das Dorf ist zwar noch klein, aber immer wieder bleiben Menschen auf der Durchreise dort, denn es gibt immer viel zu tun. Und es gibt dort noch keinen Schmied. Außerdem ist es weit genug fort, damit sein Vater keinen Einfluss auf uns haben kann.

Ein Priester ist schon dort, jedoch noch keine Kirche. Aber da es Sommer ist, können wir auch draußen heiraten. Familie und Freunde, die mit uns feiern könnten haben wir eh noch nicht. Es wird also kein Fest geben. Ich bin nicht einmal sicher, ob man zu dieser Zeit ein richtiges Hochzeitsfest gefeiert hat. Zumindest nicht die ärmeren Leute. Der Ort steht also fest, obwohl er, laut Johannes sehr weit fort ist. Aber das muss ja leider auch.

Jetzt müssen wir nur noch die Geburt abwarten. Etwas Geld hat Johannes noch für uns zur Seite gelegt und Vater und Mutter haben in einer großen Truhe begonnen Schüsseln, Messer, etwas Stoff und andere Sachen für uns zu sammeln. Nachdem wir unsere Träumen weiter gesponnen haben, lieben uns vorsichtig und haben tatsächlich eine Stellungen gefunden, die weniger Muskelkater verursacht, hoffe ich. Wir gehen glücklich auseinander und können uns kaum trennen. Hoffen, dass wir bald unsere Reise antreten können. Zunächst verlässt Johannes den kleinen Schuppen und ich warte noch etwas, damit wir nicht zusammen gesehen werden. Ich nutze die Zeit und schaue mir alle Dinge an, die bereits im Wagen liegen. Dort sind einige Lederstücken und Felle, grobe Tücher, Töpfe und Schalen und eine kleine Kiste. Sie sieht ganz schlicht aus und trotzdem bin ich neugierig, was sich wohl darin befinden kann.

Vorsichtig öffne ich das Kästchen. Darin befinden sich kleine Säckchen. An jedem hängt ein kleiner Zettel mit einer Zeichnung und etwas darauf geschrieben. Nach und nach nehme ich mir die Blätter vor und erkenne, das es sich bei jedem um Kräuter handelt. Es steht der Name darauf, ein Bild, wie die Pflanze im Original aussieht und für welche Krankheiten oder Tinkturen sie verwendet werden. Etwas muss ich lächeln, weil ich mich freue, das Amelie diese Sachen für uns beigesteuert hat. Aber da wird mir auch bewusst, dass es ein Abschied von ihr geben wird und ich weiß nicht, ob ich dazu bereit bin. Der Abschied von meiner Familie wird schon schwierig genug, obwohl ich sie ja eigentlich noch nicht lange kenne. Aber ich habe jeden einzelnen sehr gerne und fürchte mich davor, auch sie zu verlassen.

Grade, als ich alles wieder im Wagen verstaut habe und den Stall verlassen will, geht die Tür auf. Ich erstarre und bleibe wie angewurzelt stehen. Doch es ist Elisabeth, die herein kommt. Ich atme erleichtert auf. „Hallo, Du bist es, ich habe schon einen Schreck bekommen", begrüße ich sie fröhlich. Doch ihr Gesicht sieht nicht besonders freundlich aus. „Du willst doch nicht wirklich mit diesem Idioten davonlaufen? Was ist bloß mit Dir los, Femi?" Schreit sie mich an. Ich bin geschockt. Warum ist sie so feindselig?

„Du hast dich so stark verändert. Was hat er bloß mit dir gemacht? Hat er dir einen Liebestrank gegeben? Oder bist du verhext? Ich verstehe das alles nicht. Und wie du aussiehst...." und dann fängt sie hemmungslos an zu weinen. Sie sackt in sich zusammen, kauert am Boden und schluchzt laut. Noch immer stehe ich wie angewurzelt da und frage mich, was ihr Problem ist. Langsam gehe ich auf sie zu und setze mich neben sie auf den Boden. „Warum bist du so böse auf mich? Ich dachte du freust dich für mich. Endlich bin ich glücklich." Sie schaut zu mir hoch und ich rechne schon mit der nächsten Beschimpfung, doch in ihren Augen liegt Trauer. „Du verlässt mich. Wir haben uns geschworen, für immer Freunde zu sein und für immer zusammen zu bleiben und uns alle Geheimnisse zu erzählen." Sie schaut auf ihre Hände und fährt fort: „Erst kommst du nicht mehr her und hast nie Zeit, weil du angeblich bei deiner Mutter bleiben musst. Dann bist du nett zu diesem Idioten. Auf einmal siehst du ganz anders aus und benimmst dich komisch. Dann erfahre ich von meinen Eltern, dass du mit Johannes durchbrennen willst?!

Wo komme ich da noch vor?" Ich lege meinen Arm auf ihre Schulter. „Ich glaube, ich bin durch die Erfahrung mit meiner Mutter nur viel schneller erwachsen geworden und habe gesehen, wie es ist, eine eigene Familie zu haben. Es tut mir wirklich leid, dass ich nicht so viel Zeit für dich hatte. Außerdem dachte ich, du hast eine neue beste Freundin..."

Sie schaut mich wieder an und lächelt schwach. „Ja, wir verstehen uns ganz gut, aber es macht nicht so viel Spaß, wie mit dir. Wir haben so viele tolle Sachen erlebt. Als wir die Höhle im Wald gebaut haben, in der wir später leben wollten und die keiner je finden kann. Um als Räuber zu leben und die Reichen um ihr Geld und den Schmuck zu bringen...", sie schaut sehnsüchtig zu mir und ich sage ganz ruhig: „Ja, da waren wir noch Kinder und hatten wilde Ideen." Doch wieder schaut sie mich wütend an und keift: „Das ist er wenige Wochen her, das die Hütte fertig geworden ist, vielleicht hast du mich nur ausgenutzt und willst jetzt dort mit deinem Idioten leben?!?" Ich bin geschockt und versuche mich zu fangen. Wenn ich Elisabeth jetzt verärgere, kann sie mich und Johannes verraten und dann ist der ganze Plan zunichte... „Elisabeth", versuche ich es erneut, „ich bin mir nicht sicher, wie das mit Johannes passiert ist. Zuerst habe ich mich dazu entschlossen, Johannes nicht mehr zu ärgern, weil David mich darum gebeten hat. Er hat mich auch gefragt, was ein Mann machen muss, um mich zu erobern. Und ich habe ihm gesagt, das ein Mann stark sein muss und selbstbewusst und stolz. Ich habe da nicht geahnt, dass Johannes so sehr daran arbeiten würde, nur um mir zu gefallen.

Und irgendwie hat er mir dann wirklich gefallen und wir haben uns gut unterhalten und er hat mir geholfen. Er gibt mir das Gefühl schön zu sein." Da schaut sie zu mir hoch und sagt leise. „Ja, du bist wirklich schön geworden." Und wieder bin ich erstaunt. „ Habe ich mich wirklich so verändert?" Elisabeth nickt und springt auf. Komm, wir haben im Haus eine blanke Schüssel, in der du dich sehen kannst. Ich stehe auf und gehe hinter ihr her ins Haus, dort drückt sie mir eine Schale in die Hand. Das letzte Mal, als ich mich bei Amelie sehen konnte, sah ich schon etwas anders aus. An den Kleidern habe ich gemerkt, dass ich noch schmaler geworden bin, aber als ich mich jetzt sehe, ist es, wie mein altes Spiegelbild aus der Jugend zu sehen. Ich sehe aus, wie in meiner Zeit mit 17 Jahren und tatsächlich sehe ich hübsch und glücklich aus. Ich strahle Elisabeth an und sage: „Jetzt sehen wir aus wie Schwestern." Sie stellt sich dicht zu mir, das wir uns beide in der Schale sehen können und sie fragt: „Findest du? Ich bin doch nicht so hübsch wie du...." Doch ich lege den Arm um ihre Hüfte und sage: „Natürlich, du bist bildhübsch." Jetzt fängt sie an zu lächeln und strahlt ihr eigenes Spiegelbild an. Leise sage ich: „Ich hoffe, du wirst auch jemanden finden, der dich so liebt, wie ich Johannes liebe und ich wünsche mir nichts mehr, als deinen Segen." Sie lässt die Schale langsam sinken und schaut mich an. „Ich will nur, das du glücklich bist. Und wenn es der Idiot sein muss, dann hast du meinen Segen. Ich muss zugeben, er sieht wirklich viel besser aus als früher." Und wir nehmen uns in die Arme und lachen, bis unsere Bäuche wehtun.

Am nächsten Morgen bin ich grade vom Abwasch auf dem Weg nach Hause, als Barbara vor mir steht. Sie schaut mich herablassend an: „Ich weiß nicht, was du Schlange vorhast, aber du wirst die Finger von meinem Bruder lassen. Er ist schrecklich dickköpfig geworden und hört nicht mehr auf Vater. Damit wirst du nicht durchkommen!" faucht sie mich an. Ich bin wie vor den Kopf geschlagen und antworte: „Barbara, ich bin nicht wie früher. Ich habe mich in Johannes verliebt und er sich in mich. Bitte, steh uns nicht im Weg." Doch ihre Miene wir noch gehässiger als sie sagt: „Noch amüsiert sich Johannes mit dir. Ich hab Euch beobachtet. Wie Hunde treibt ihr es miteinander. Aber er wird dich fallenlassen, weil ich es so will, das verspreche ich dir!" Dann verschwindet sie.
Mir läuft Gänsehaut über den Rücken. Langsam gehe ich zu unserem Haus. Über diese merkwürdige Begegnung denke ich die ganze Zeit nach. Zuhause muss ich diese Gedanken jedoch fortscheuchen, denn Mutter braucht mich. Als gegen Mittag die Wehen einsetzen, schicke ich David los, um Amelie zu holen. Ich frage Mutter: „Soll ich Vater holen?" Sie schaut mich fragend an und sagt lächelnd: „Er hat das Kind gemacht, danach ist seine Arbeit getan. Die Geburt übernehmen lieber wir Frauen."
Das hatte ich auch vergessen. In unserer Zeit bleiben die Väter die ganze Zeit bei der Frau und sind bei der Geburt dabei. Früher war das nicht so. Da muss-

ten die Frauen das alleine durchstehen. Mutter hat zumindest eine Heilerin oder Geburtenhelferin dabei. Wie immer man Amelie bezeichnet, ich bin froh, dass sie dabei ist. Sie bereitet alles für die Geburt vor. Tücher und Wasser, Kräuter und ein Holzstück zum drauf beißen. Ich wundere mich nicht, das Johannes am Abend nicht kommt. Vermutlich hat David ihm von der Geburt erzählt. Ich kann aber auch nicht oft an ihn denken, weil ich bei Mutter sitze und ihr die Stirn abwische. Das Baby hat sich nicht mehr gedreht und liegt falsch herum im Körper. Amelie hat vorher immer wieder versucht es zu drehen, aber es hat nicht funktioniert. Die ganze Nacht sind wir bei Mutter. Die Wehen sind bereits stark und dauern bis in die frühen Morgenstunden. David und Vater sind in der Schmiede geblieben, sie haben sich nur etwas Brot geholt.

Am Morgen gehe ich hinaus um frisches Wasser zu holen. Als ich aber am Brunnen stehe, wir mir schlagartig übel und ich spucke mir fast auf die Füße. Ich laufe schnell ein paar Schritte und kotze in einen Busch. Die letzte Nacht war wohl zu viel für mich!!

Als ich ins Haus zurückgehe, beginnt Mutter plötzlich zu schreien. Amelie liegt halb auf dem Bauch und versucht wohl das Baby heraus zu drücken. Es scheint zu funktionieren. „Femia, lege dich hier herauf. Wir müssen das Baby herausholen. Marie wird zu schwach. Ob es dem Kind noch gut geht, wissen wir nicht. SCHNELL!" ruft sie mir über das Jammern meiner Mutter zu. Ich sause hin und lege mich vorsichtig auf ihren vorherigen Platz. Mutter schreit auf. Mir beginnen schon Tränen über das Gesicht zu laufen. Amelie fasst unter das Hemd. Was genau sie dort tut, kann ich nicht erkennen. Ehrlich gesagt möchte ich das auch nicht, denn die Schreie meiner Mutter sind für mich schon schlimm genug. Nach einer gefühlten Ewigkeit macht es auf einmal ein schwappendes Geräusch. Und Amelie hält etwas im Arm. Mutters Jammern und schreien verebbt. Sie weint leise und erschöpft vor sich hin. Ich nehme sofort einen Lappen mit kaltem Wasser und wische ihr die nasse Stirn ab, dann gebe ich ihr etwas zu trinken. Sie ist vollkommen erschöpft.

Amelie hantiert an dem kleinen leblosen Wesen herum. Sie reibt es mit kaltem Wasser ab, aber es tut sich nichts. Dann nimmt sie die Füße in die Hand und zieht das Kind daran in die Höhe. Einige Male schlägt sie mit der Hand auf den kleinen Rücken, bis Flüssigkeit aus dem Mund schießt und Leben in den kleinen Körper kommt. Das Baby beginnt zu kreischen und zu husten, dann wieder zu kreischen. Amelie legt es zu Mutter unter die Decke. Diese zieht mit letzter Kraft das Hemd zur Seite und gleich beginnt das Kind zu trinken. Amelie und ich nehmen uns in die Arme. So glücklich sind wir, das alle geklappt hat und erst jetzt merken wir, wie erschöpft auch wir beiden sind. Nachdem Amelie die beiden zugedeckt hat, setzt sie sich auf einen Stuhl.

„Möchtest du auch etwas essen und trinken"? frage ich sie und sie nickt dankbar. Ich hole einen Krug mit Wasser und etwas von dem Brot, das ich am Morgen gebacken habe und wir essen gemeinsam und schweigend.

Jetzt langsam fällt die Anspannung von uns ab. Wir haben es tatsächlich geschafft, ohne dass schlimmeres passiert ist. Mutter und Kind leben und auf den ersten Blick sind keine Schäden zu erkennen. Ob wir damit die Geschichte geändert haben und ich wieder in meine Zeit zurückgehen kann? Doch ich denke an Johannes und würde so nicht gehen wollen. Vielleicht will ich überhaupt nicht mehr gehen?! Amelie reißt mich aus meinen Gedanken, indem sie leise mit Mutter spricht: „Maria, soll ich dich etwas sauber machen, dann kannst du dich richtig ausschlafen?" Sie nickt und sagt zu mir: „Bitte hol Vater und David." Ich gehe sofort los, obwohl ich auch so kaputt bin, das ich im Stehen schlafen könnte. Als ich vor die Tür trete, merke ich wieder diese Übelkeit. Ein Stück kann ich noch gehen, dann spucke ich los. Nach einigen wenigen Schritten noch einmal. Dann wird es besser und ich schaffe den Rest des Weges ohne Zwischenfall.

Vater und David haben mich schon erwartet. Sie schauen mich neugierig an. „Das war eine schwere Geburt, nicht wahr?" fragt Vater. Ich nicke. „Der junge Mann hat aber eine starke Stimme und trinkt ordentlich." sage ich und Vater beginnt zu strahlen. „Ein Junge!" jubelt er und nimmt mich stürmisch in den Arm und wirbelt mich herum. Dann umarmt er David. Die beiden stürzen aus der Tür und rennen in Richtung Heim davon. Ich folge ihnen etwas langsamer. Mir ist nach dieser Aufregung noch immer übel und ich habe weiche Knie. Als ich ebenfalls am Haus ankomme, ist Mutter bereits eingeschlafen. Vater sitzt am Tisch und hält das Baby. „Maria hat immer gesagt, es würde irgendetwas nicht stimmen und hat daher keinen Namen für das Kind ausgesucht", erzählt Vater. „Wie nennen wir den Kleinen nun?" fragt er mehr sich selbst. Wir grübeln alle und sind in Gedanken versunken. Dann sagt Vater: „Eufemia, leg dich erst einmal hin. Du siehst müde und erschöpft aus." Und genauso fühle ich mich auch. Ich mag nichts antworten, sondern nicke nur und lege mich auf meine Schlafstelle. Sofort falle ich in tiefen Schlaf.

Als ich wach werde, ist es hell. Da kann ich wohl nicht lange geschlafen habe, denke ich. David ist im Raum und hantiert herum. Als er bemerkt, das ich wach bin, sagt er fröhlich: „Morgen Schlafmütze. Du hast den ganzen Tag und die ganze Nacht geschlafen." WOW. Das war wohl mal nötig. Ich will David grad nach dem Baby fragen, doch mir ist wieder schlecht und ich renne hinaus. Schon stehe ich an meinem Busch und kotze mir die Seele aus dem Leib. Das ist purer Gallensaft. Gegessen habe ich ja schon länger nichts mehr. Der Geschmack im Hals ist ekelig und alles brennt. Wenn ich Amelie sehe, werde ich sie nach einer Medizin fragen. Wieder im Haus trinke ich etwas. Es ist frisches Brot da, das riecht herrlich. Hungrig esse ich eine Scheibe. Doch gleich darauf landet diese im hohen Bogen im Busch vor dem Haus. David steht hinter mir in der Tür. Er hat die Arme verschränkt und schaut mich besorgt und verärgert an. „So schlecht schmeckt das Brot nicht", sagt er beleidigt.

Also hat er das gemacht! „Nein, David, es schmeckt wirklich lecker", beeile ich mich zu sagen und gehe mit ihm zusammen ins Haus. „Mir ist diese Aufregung nur auf den Magen geschlagen", erkläre ich schnell. Ich esse wieder etwas von seinem Brot und zum Glück bleibt es diesmal drinnen. Dann höre ich eine kleine Stimme, die beginnt zu jammern. Ich schaue nach Mutter und dem Baby. Das Kleine wird richtig rot und fängt immer lauter an zu schimpfen. Da wird Mutter wach und lächelt mich an. Sie öffnet ihr Hemd und lässt den jungen Mann an der Brust trinken. Sofort ist er ruhig und man hört nur noch den Atem. „Wie heißt der Kleine denn jetzt?" frage ich sie und schaue begeistert zu, wie er seine Hände an die Brust legt. Das ist so ein schönes Bild. „Wir wollen ihn Adam nennen. Den Namen hast du in einigen Nächten gemurmelt. Wir fanden ihn sehr schön. Das ist dir doch Recht? Oder ist es jemand, den du kennst?" fragt sie. Ich bin überrascht, freue mich aber sehr. „Der Name gefällt mir sehr gut. Ich muss ihn mal gehört haben. Woher weiß ich nicht mehr", schwindele ich. Draußen beginnt eine Glocke zu läuten. David schaut um die Ecke. „Femia, komm mit. Auf dem Marktplatz gibt es eine Veröffentlichung. Vielleicht gibt es mal wieder eine Bestrafung!" ruft er begeistert. Mir wird sofort etwas mulmig. Um sicher zu sein, das wir wirklich gehen können, trete ich zum Bett und frage Maria, ob es ihr so gut geht, das wir kurz zum Marktplatz laufen könne. Sie nickt und schließt die Augen wieder und ich nehme mir vor, nach unserer Rückkehr das Baby und Mutter zu waschen. Als wir losgehen, wird das mulmige Gefühl noch stärker, denn mir wird bewusst, das ich Amelie seit der Geburt nicht mehr gesehen habe. Aber alles kommt viel schlimmer.

Wir rennen zum Marktplatz. Auf dem Podest steht ein Mann, der vermutlich Johannes Vater ist. Sie haben eine gewisse Ähnlichkeit, doch diese Gesichtszüge sind grimmig und verhärmt. Er hat ein Schriftstück in der Hand. Als die Glocken verstummen geht eine Tür auf und Johannes wird in Ketten auf das Podest geführt. Die Menschen toben und gröhlen. Mir bleibt fast das Herz stehen, ich kann kaum atmen, weil sich meine Brust zusammen zieht. Was geht hier vor? Vater hat sich zu uns gesellt und ich schaue ihn fragend an. Doch er zuckt mit den Schultern. Der Vater von Johannes, der auch als Richter tätig ist, beginnt zu reden: „Johannes, mein eigen Fleisch und Blut, hat sich des schweren Ungehorsams schuldig gemacht. Er soll an den Pranger gestellt werden für drei Tage. Täglich beim Glocken erklingen soll er zehn Peitschenhiebe erhalten." Mir versagen die Beine und ich schreie los: „NEIN!" und will nach vorne zu Johannes stürmen, doch mein Vater packt mich von hinten und legt seine große Hand über meinen Mund. Ich versuche mich zu befreien, doch er hat einfach zu viel Kraft. Ich sehe noch, wie Johannes an den Pranger gebunden wird und der Henker mit der Peitsche ausholt.

Dann sind wir aus dem Sichtfeld heraus und ich kann nichts mehr von dem Schauspiel sehen. Ich schließe trotzdem die Augen, weil sich um mich herum alles zu drehen scheint. Da höre ich seine Schreie. Mir laufen die Tränen herunter. Dann wieder ein dumpfes Geräusch und ein Schrei. Vater nimmt mich – trotz meiner Gegenwehr – mit in die Schmiede. Er drückt mich auf einen Hocker und kniet sich vor mich. Noch immer hält er mich fest. „Femia. Du musst vernünftig sein. Du hilfst ihm nicht, wenn du zu ihm stürmst. Johannes wusste um die Gefahr und er hat sich entschieden, sie zu tragen." sagt Vater. Er macht ein Pause, dann wird seine Stimme milder und er erklärt: „Sein Vater hat von ihm verlangt, das er dich nie wieder sieht und Johannes hat ihm gesagt, dass er dich zu sehr liebt und er seinem Wunsch daher nicht entsprechend wird. Die Strafe für Ungehorsam beträgt drei Tage Pranger mit zehn Schlägen täglich. Er wusste das!" Doch ich zittere am ganzen Körper und sage: „Wir hatten abgemacht, dass wir keinem etwas sagen wollen. Warum hat er nicht einfach den Mund gehalten? Das Baby ist da. Wir wollten direkt danach verschwinden."

Vater hält mich an beiden Schultern fest, damit ich ihm in die Augen sehe muss: „Er wollte eure Liebe nicht verraten, Femia. Er liebt dich so sehr. Außerdem will er seinem Vater die Stirn bieten. Als erwachsener Mann muss man auch solche Situationen ertragen können. Das ist ein Beweis von Johannes für DICH! Verstehst du das nicht? Er will nicht feige weglaufen, sondern als freier Mann gehen. Nur dann kann er mit dir ein freies Leben führen."

Doch ich weine vor mich hin. Mutig soll er sein, sich nicht alles gefallen lassen. Das war mein Rat an ihn. Jetzt bin ich verantwortlich, dass er das erleben muss. Das ist ja noch schlimmer! „Er erträgt dieses Leid wegen mir? Das ist ja entsetzlich. Das kann ich unmöglich zulassen", stammele ich. „Doch. Das musst du. Wenn diese drei Tage herum sind, wird Johannes dich holen und ihr geht in eine andere Stadt. Dann hat er sich seine Freiheit verdient. Sein Vater kann und wird ihn dann nicht mehr aufhalten oder zurückholen", erklärt Vater. Mir fehlen die Worte und es laufen Tränen über meine Wangen. Zum Teil, weil ich so entsetzt bin, aber auch über den Mut von Johannes und das große Opfer, das er bringt, damit wir zusammen sein können.

„Wenn die Menschen gleich verschwunden sind, geh zu ihm und bringe ihm Essen und Trinken. Versorge ihm, so gut es geht, seine Wunden und zeige ihm, dass du diese Qualen wert bist. Das nichts euch voneinander trennen kann. Geh gleich zu Amelie und hole Säfte und Tinkturen. David wird dich begleiten", sagt Vater streng zu mir. Das ist eine gute Idee. Darauf wäre ich nicht gekommen. David zieht mich mit sich. Ich bin so in Gedanken versunken, dass ich mich sonst verlaufen würde. Immer wieder horche ich, ob ich noch Schreie höre, doch alles ist

ruhig. Amelie ist da, sie scheint bereits auf uns ge-
wartet zu haben. „Hallo ihr beiden. Kommt schnell
herein", sagt sie und schaut nervös nach draußen.
Hinter uns schließt sie die Tür schnell wieder. „Ich
habe schon von Johannes Strafe gehört. So etwas
vom eigenen Vater!! Ich bin entsetzt", sagt sie und
schüttelt empört mit dem Kopf. Ich stehe noch immer da und sage kein Wort. Dann nimmt Amelie
meine Schultern und schüttelt mich etwas. „Femia.
Du musst ihm diese Medizin bringen," sagt sie. „Gib
ihm von der großen Flasche einen Becher voll, sofort
wenn du bei ihm bist. Sie hilft ihm schneller wieder
zu Kräften zu kommen", sagt sie und drückt mir
eine Flasche in die Hand. „Von diesem Saft gibst du
ihm nur ein paar Tropfen in das Trinken, kurz bevor
die Glocke geläutet wird. Dieser Saft macht ihn benommen und schläfrig. Er wird die Qualen fast
nicht spüren. Aber wirklich nur ein paar Tropfen!"
warnt sie mich. Diese Ampulle ist ganz klein. Ich
kann sie also nicht verwechseln. „Wenn er wieder
zu Bewusstsein kommt, gib ihm wieder aus der großen Flasche. Außerdem habe ich noch eine Paste
zubereitet, mit der du die Wunden behandeln
musst. Sie verhindert, das es zu Entzündungen
kommt und dadurch zu Narben.

Damit wird alles Körperliche schneller abheilen",
sagt sie. „Aber vorsichtig. Achte darauf, dass keiner
mehr dort ist und dich beobachtet", meint sie ver-
schwörerisch. „Hast du alles verstanden und kannst
du das behalten?" fragt sie mich. Ich nicke nur und
bin mir nicht ganz sicher. Aber David nickt eben-

falls, also hoffe ich, das er mir sonst helfen wird. Amelie schiebt uns zur Tür heraus und David zieht mich, bis wir zuhause angekommen sind, hinter sich her.

Hier komme ich so langsam wieder zu Verstand. Ich packe Brot und Trinken. David erklärt Mutter, was geschehen ist. Sie ist genauso fassungslos wie ich und nimmt mich in die Arme. Sie sagt fast das gleiche zu mir wie Vater. Ich lege saubere Tücher zu den Flaschen in einen Beutel, dann laufe ich los in Richtung Marktplatz.

Die Menschen sind alle verschwunden. Nur Johannes hängt mit dem Kopf und den Händen in einem Holzbrett. Außerdem kniet er auf einer Holzbank. Mir steigen Tränen in die Augen. Ich laufe schnell zu ihm. Sein Gesicht zeigt nach unten und die Haare hängen ihm nass vom Kopf. Das letzte Stück werde ich ganz langsam und bleibe kurz vor ihm stehen. „Johannes, mein Liebster", sage ich leise. Er sieht fast aus wie tot. Aber als er mich hört, bewegt er sich und versucht hoch zu schauen. „Femia, mein Herz. Wie geht es dir? Hat Wilhelm dich fortgebracht?" fragt er mich. Da wird mir erst klar, dass er Vater darum gebeten hat. So musste ich nicht mit ansehen, wie er gedemütigt wurde und Schmerzen erleiden musste. Ich nicke und sage: „Ja. Er hat mich in die Schmiede gebracht. Aber wie geht es dir? „ frage ich ihn und streichele zärtlich sein Gesicht. „Es geht so. Ging mir schon besser", versucht er zu scherzen. „Möchtest du etwas essen und trinken?" frage ich und er antwortet sofort: „Ja, ich habe schrecklichen Durst. Hat Amelie dir die Medizin gegeben?" Aha, Amelie wusste ebenfalls davon. Hat Johannes das alles geplant?

Anscheinend wussten alle Bescheid, nur ich nicht. Ich gebe ihm von der Medizin, wie Amelie es mir aufgetragen hat. Dann gebe ich ihm Brot und Trinken. Während er ein Stück kaut, beginne ich den Rücken vorsichtig von den Fetzen seines Hemdes zu befreien. Der Anblick lässt einem das Blut in den Adern gefrieren. Der Rücken ist über und über mit tiefen Wunden überseht. Mir steigen bei diesem Anblick wieder Tränen in die Augen. Als ich die Tinktur mit einem dünnen Holzspatel auftrage, laufen die Tränen von meinem Gesicht. Oft zuckt Johannes vor Schmerzen zusammen und ich werde immer vorsichtiger. Ich habe ein Hemd von Vater dabei, doch zunächst soll die Salbe etwas einwirken.

Johannes hat noch Hunger und Durst und ich helfe ihm auch bei anderen Dingen – so gut es geht. Außerdem bleibe ich bei ihm und unterhalte mich mit ihm. Ich erzähle ihm von der Geburt und das Baby und Mutter gesund und munter sind. Sofort beginnen wir unsere Zukunft zu besprechen und freuen uns, das wir bald von hier fortgehen um richtig zusammen sein zu können, ohne Fragen und Vorwürfe. Wie gerne würde ich einfach die Schlösser öffnen und mit ihm zusammen nach Hause gehen. Wir würden uns eng aneinander schmiegen und uns fest halten.

Aber es wird langsam dunkel und es wird Zeit zu gehen. „Meine Fe, ja du bist mein großes Glück, bald wird uns nichts mehr trennen. Aber jetzt hast du mich versorgt und musst gehen. Ich werde die Nacht zwar unbequem verbringen, doch dank deiner Pflege werde ich sie überstehen. Ich werde diese Tage für unsere Zukunft durchstehen. Ich liebe dich, meine Fe, vergiss das nie!" Ich gebe Johannes mehrere Küsse und verspreche am nächsten Tag pünktlich vor der Glocke zu kommen um ihm die anderen Tropfen zu bringen.

Auf dem Heimweg weine ich ohne Unterlass. Ob es die Qualen sind, die Johannes wegen mir erträgt oder die Tatsache ihn alleine dort zu lassen, weiß ich nicht. Als ich daheim ankomme, haben alle bereits gegessen. Ich habe auch keinen Hunger. Zu groß ist die Sorge um Johannes. Ich nehme noch alle in den Arm und gebe dem kleinen Adam einen Kuss, dann lege ich mich auf meinen Schlafplatz und falle sofort in tiefen Schlaf. Als ich wach werde, überkommt mich sofort diese entsetzliche Übelkeit. Ich renne also raus und spucke gegen meinen Busch. `Hätte ich doch lieber noch etwas gegessen` denke ich bei mir. Da steht Amelie hinter mir.

„Hast du jeden Morgen diese Übelkeit?" fragt sie. „Ja, seit der Geburt von Adam. In letzter Zeit ist so viel passiert, das mein Magen ganz durcheinander ist. Hast du vielleicht eine Medizin dagegen?" frage ich sie. Amelie sieht mich mit einer Mischung aus Angst und Freude an. Dann fragt sie: „Wann hast du das letzte Mal Blutungen gehabt? Warst du mit

Johannes zusammen wie Mann und Frau?" Ich muss ziemlich dumm aus der Wäsche schauen, denn sie fährt fort: „Es ist so: Wenn Frauen morgens von Übelkeit geplagt werden, dann tragen sie ein Kind unter ihrem Herzen. Aber da du und Johannes nicht verheiratet seid, habe ihr euch doch noch nicht einander hingegeben, nicht wahr?" fragt sie amüsiert.

VERDAMMT! Daran habe ich nicht gedacht und es ist, als würde mir jemand eine Ohrfeige geben....

ICH BIN SCHWANGER !!

Warum passiert das hier so einfach und zuhause quäle ich mich so?! „Du darfst das niemandem sagen, außer Johannes. Die Leute werden dich aus der Stadt jagen. Wenn er die ganze Bestrafung durchgestanden hat, könnt ihr woanders hingehen und ein neues Leben beginnen. Da könnt ihr euch als Ehepaar ausgeben und keiner wird Fragen stellen. Hier sollte keiner davon erfahren, aber Johannes wird es helfen, diese Tortour durchzustehen", erklärt mir Amelie.

„Ich werde dir einen Saft machen, damit die Übelkeit dich nicht so oft übermannt. Es wird aber einige Tage dauern." Dann dreht sie sich um und geht ins Haus um Mutter zu untersuchen. Ich nicke und bin noch etwas durcheinander. Aber ich freue mich auch. Ich muss gleich zu Johannes. Ich packe schnell frisches Essen und Trinken in den Beutel und laufe zum Markt. Als ich bei ihm ankomme, gebe ich ihm einen stürmischen Kuss. „Wie geht es dir mein

Liebster?" frage ich ihn. „Mir tun alle Knochen weh von dieser Haltung. Wenn das vorbei ist, musst du mich ordentlich pflegen", sagt er in scherzhaftem Ton.

„Das werde ich mit Vergnügen tun. Außerdem habe ich eine Überraschung für dich", sage ich und strahle. Das kann er zwar nicht sehen, da er ja nur nach unten schauen kann, aber er sagt gleich: „Komm, spann mich nicht auch noch auf die Folter, ich bin doch schon genug gestraft, oder?" und versucht dabei noch immer lustig zu klingen.

Ich gehe dich an ihn heran und flüstere ihm leise ins Ohr: „Ich glaube, in meinem Bauch wächst ein Baby heran! "Er versucht mit einem Ruck den Kopf zu heben und knallt heftig mit dem Kopf an das Brett. Dann beginnt er zu schluchzen. Es fallen Tränen zu Boden. Hat er sich so stark weh getan? Oder – oh nein. Will er vielleicht keine Kinder? Oder jetzt nicht? Diese Möglichkeit hatte ich nie für möglich gehalten. Ich rappel mich hoch und taumele ein Stück zurück. Johannes versucht wieder aus seiner Position zu kommen und sagt aufgeregt: „Femia, was ist mit dir? Geht es dir nicht gut? Was ist los?" fragt er aufgebracht und besorgt. „Möchtest du keine Kinder?" frage ich fast tonlos.

„Femi, komm her zu mir, bitte", sagt er eindringlich. „Natürlich wünsche ich mir ganz viele Kinder mit dir. Das sind doch Freudentränen. Was hast du gedacht? Ich würde dich nur so gerne in die Arme schließen. Stattdessen hänge ich hier wie der letzte Abschaum." Er klingt jetzt verärgert. „Ich freue mich sehr!" sagt er zärtlich. „Wir werden das zusammen durchstehen. Dann wird alles gut, das verspreche ich dir", sagt er.

Seine Stimme hört sich jetzt so erwachsen und stark an. Er scheint keine Angst oder Schmerzen zu haben. Was für ein toller Mann, denke ich, als ich ihm einen Kuss gebe.

Dann ist es Zeit die Wunden zu versorgen. Diese sehen erstaunlich gut aus. Die Salbe scheint gut zu wirken. Johannes isst und trinkt. Dann sagt er in ernstem Ton:

„Gleich werden die Leute zum Gaffen kommen. Gib mir schnell den Trunk und mach dir keine Sorgen. Alles wird gut. Das verspreche ich dir!" Er trinkt das Wasser mit den Tropfen darin. Dann sagt er lallend: „Ich liebe dich!" dann ist er weg genickt. Das sind richtige KO-Tropfen. In diesem Moment beginnt die Glocke zu läuten. Sofort stehen, wie von Zauberhand, viele Menschen auf dem Platz. Ich gehe weit nach hinten und will eigentlich ganz verschwinden. Aber etwas außerhalb sehe ich Amelie stehen. Ich gehe zu ihr und stelle mich daneben. „Wie geht es ihm?" fragt sie leise. „Hat er sich über die Neuigkeit gefreut?". „Ja, nur schade, dass wir uns nicht umarmen konnten. Er fehlt mir unendlich", sage ich, dann schweigen wir ein Zeit lang. „Die Tinktur hat gut geholfen. Die Wunden sahen heute schon gut aus", flüstere ich leise. Amelie nickt mit bekümmertem Gesichtsausdruck. „Ja, leider werden sie gleich wieder aufgerissen."

Da kommt Johannes Vater auf den Platz und verliest wieder sein Papier. Das dies der zweite Tag der Strafe ist und Johannes zehn Schläge zu erwarten habe. Da kommt auch schon der Henker mit der Peitsche. Sie hat einen kurzen Griff und mindestens zehn Lederstriemen. An den Enden sieht man dicke Knoten. Daher die schlimmen Einkerbungen auf Johannes Rücken. Der Henker holt aus und die Striemen sausen herab. Ich zucke zusammen und in meiner Brust beginnt es zu ziehen. Aber Johannes gibt keinen Ton von sich. Immer wieder hört man das klatschende Geräusch und die Menschen jubeln und gröhlen jedes Mal. Als die zehn Schläge herum sind, wollen die ersten bereits gehen und auch ich hebe den Beutel auf, um ihn zu versorgen. Doch Amelie stoppt mich. „Warte, es ist noch nicht vorbei", murmelt sie.

Wir sehen, wie Barbara ihrem Vater etwas zuflüstert. Dieser schaut erstaunt in Johannes Richtung. „Halt. Hier wird falsches Spiel gespielt", ruft er. Mit einer schnellen Bewegung ist er bei seinem Sohn. An den Haaren reißt er den Kopf hoch. Alle können sehen, dass Johannes nicht bei Bewusstsein ist. Barbara tritt auf das Podest. Grade noch hämisch grinsend, hat sie jetzt eine Trauer-miene aufgesetzt und ruft: „Ich habe mit eigenen Augen gesehen, wie diese Frau meinem geliebten Bruder eine Flüssigkeit gegeben hat!" dabei zeigt sie direkt auf mich. „Sie hat meinen Bruder vergiftet!" ruft sie und alle drehen sich in meine Richtung. „Nein", stammele ich, „ich habe ihm nur Wasser gebracht". Johannes Vater

kämpft sich durch die Menge zu mir. Er schnappt sich den Beutel und greift hinein. Er holt die Flaschen mit der Medizin heraus und hält sie in die Höhe. Ein Raunen geht durch die Menge. „Diese Hexe hat meinen Sohn umgebracht!" schreit der Vater und ich werde von zwei Männern gepackt und nach vorne aufs Podest geführt. Doch das reicht Barbara noch nicht. „Eufemia ist doch nicht so schlau, solche Tinkturen herzustellen. Diese Amelie muss ihr das Gift gegeben haben. Sie hat sie dazu angestiftet!" ruft sie und wieder drehen sich alle um und glotzen nun Amelie an. Diese rührt sich nicht. Schnell sind Wachen bei ihr und bringen auch sie zum Podest. Der Vater schreit über den Tumult der Leute hinweg: „Diese Frauen werden eingesperrt. Der König selbst soll über dieses schwere Vergehen entscheiden." Barbara sieht enttäuscht aus. Sie fast ihrem Vater am Arm und flüstert ihm etwas zu. Als sie aufblickt, laufen ihr Tränen über das Gesicht. Der Vater ist hin und her gerissen. Doch dann hat er eine Entscheidung getroffen und ruft: „Meine Entscheidung ist gefallen. Der König muss diesen Richtspruch sprechen. Sollte er – wie zu erwarten ist – die beiden Frauen für Hexen erklären, wird die Verbrennung am königlichen Hof vollzogen werden."
Die beiden bewaffneten Männer bringen uns in ein Haus direkt am Markt. Wir werden in den Keller gebracht und in eine Zelle geworfen. Nur ein Eisengitter ist davor. Die Männer setzen sich vor die Tür an einen Tisch. An der Wand sehr weit oben ist ein vergittertes Fenster.

Es muss zum Markt zeigen, denn noch immer hört man Menschengewirr und sonstige Geräusche.

Amelie hat es sich bequem gemacht und sitzt auf dem Boden. Ich schaue mir die Zelle genau an. An den Wänden sind Eisenringe befestigt, an denen Ketten hängen. Die Wände sind hell und ordentlich. Dies ist nicht die Zelle, die ich während meiner ersten Sitzung bei Antonia gesehen habe. Dort war es dunkler und schmutziger. Ich gehe zu Amelie rüber und setze mich. Leise frage ich sie: „Was können wir bloß tun?" Doch sie schließt die Augen, lehnt den Kopf an die Wand und sagt: „Nichts. Wir können nur abwarten!" Sie sagt das leichthin, als würden wir auf den nächsten Bus warten. Aber ich bekomme Bauchschmerzen und sage leise: „Ich bin extra gekommen um die Geschichte zu ändern und jetzt habe ich alles noch viel schlimmer gemacht! Johannes hängt am Pranger und wird gequält und wir werden gefangen gehalten und bestimmt doch noch verbrannt. Was hätte ich bloß anders machen müssen?" Ich schaue auf meine Hände. Amelie legt eine Hand auf meine und antwortet: „Du hast viel geändert und ich bin sicher, das alles gut wird." Sie hört sich auch noch immer zuversichtlich an. „Du hast Johannes geändert. Das wird uns retten", sagt sie und zwinkert mir zu. Ich verstehe leider nicht so richtig was sie meint und schaue sie fragend an. „Bevor du aufgetaucht bist, hat die echte Femia ständig auf Johannes herumgehackt. Er war ein schlaksiger schüchterner Junge. Seine Schwester Barbara musste ihn oft verteidigen. Johannes hatte

Angst vor allem und jedem. Vor dir ganz besonders. Trotzdem oder grade darum fand er dich auch immer so faszinierend. Er hat dich oft heimlich beobachtet. Von seinem Zimmer kann er euer Haus sehen." sagt sie lachend und schaut mich schelmisch an. Dann ändert sich ihre Miene und sie spricht in ernstem Ton weiter: „Als du hier erschienen bist, hat er nach einiger Zeit angefangen sich zu verändern. Er hat hart gearbeitet und hat im Wald ganze Baumstämme gehoben. Als ich ihn einmal fragt, warum er das tut, hat er geantwortet du würdest starke Männer mögen. Außerdem wolle er dich beschützen. Ich habe innerlich gelacht, weil es sich wie ein auswegloses Unternehmen anhörte. Aber Johannes war wirklich eisern. Er hat morgens und abends im Wald trainiert. Bereits nach kurzer Zeit sah man deutliche Veränderungen. Ich sagte mal zum Spaß zu ihm, er würde bald so viele Muskeln haben wie dein Vater. Wenige Tage später hat er in der Schmiede zu arbeiten begonnen. Dann ist er noch vor der Arbeit zu seinen Baumstämmen gegangen und hat diese gehoben. Er hatte sich alles genau überlegt und sich an seinen Plan gehalten. Seit du angefangen hast, mit ihm zu sprechen stottert er nicht mehr. Seine helle Stimme ist verschwunden. Er hat durch dich viel Stärke bekommen. Und schlau wie ein Fuchs war er eigentlich schon immer. Er hat nur nicht an sich geglaubt und ihm hat niemand zugehört. Barbara hat immer für ihn gesprochen und so hat Johannes alles gemacht, was sie wollte." Als sie das so sagt, hört sich Amelie sehr stolz an.

Ich bin es auch. Zwar bin ich nicht sicher, ob er sich nicht auch sonst so entwickelt hätte, aber er ist so ein toller Mann und er gehört mir....

„Trotzdem hat er jetzt eine Menge Ärger und ich bin Schuld daran", sage ich. „Femia, ich glaube wirklich, das er das alles geplant hat", sagt sie leise und rutscht zur Seite. Hinter ihrem Rücken ist etwas geschrieben:

Fe, Ich liebe dich. Vertraue mir! Stand dort geschrieben. Amelie setzt sich wieder davor.

„Er ist schlau, vertraue ihm!" sagt sie und nickt mir zu. Sie erzählt mir, dass sie Johannes geholfen hat, mit Mittelchen und Ratschlägen. Außerdem hat mein Vater gute Ideen beigetragen. Sogar David wusste Bescheid und hat seinen Teil beigetragen.

Wir sprechen über die Möglichkeiten, die wir haben und wie unsere Zukunft aussehen könnte. Da kommt eine Frau und bringt etwas zu essen. Es sieht unappetitlich aus und schmeckt auch so. Aber wir haben Hunger bekommen und essen, was uns vorgesetzt wird. Als es schon später Abend ist, erscheint Barbara im Keller. Die Wachen verschwinden sofort und wir sind mit ihr allein. Amelie schläft tief und fest. Leise sage ich: „Bist du jetzt zufrieden? Ist es das, was du willst?" Sie kommt dichter an die Gitter und grinst mich an. „Du wolltest ja nicht auf mich hören und Johannes in Ruhe lassen. Ich habe euch im Wald zusammen gesehen. Ihr habt euch benommen wie wilde Hunde. Johannes ist dir hörig.

Früher hat er mir vertraut und hat getan, was ich von ihm verlangt habe. Jetzt ist das leider nicht mehr so und das kann ich nicht zulassen", sagt sie bösartig und zuckersüß. „Aber was ändert sich denn für dich?" frage ich sie. „Er will Schmied sein", sagt sie abwertend und lacht kurz auf. „Er muss den Platz unseres Vaters übernehmen. Nur dann hat er Einfluss und ist für mich nützlich", sagt sie. Ich denke kurz nach. „Du müsstest den Posten übernehmen. Du beeinflusst deinen Vater doch jetzt schon und leitest vieles im Verborgenen, hab ich Recht?" frage ich sie. Sie antwortet prompt:

„Natürlich. Mein Vater sieht die Zusammenhänge nie. Er ist zu dumm für solche Sachen. Aber eine Frau darf diesen Posten nicht Inne haben. Das hat es noch nie gegeben", sagt sie verbittert. „Du solltest es versuchen. Vielleicht gibt es doch eine Möglichkeit", versuche ich weiter. „Die einzige Wahl, die ich noch habe, wäre ein Mann, der Richter wird. Aber wenn nicht Johannes diese Arbeit macht, wird der König einen anderen benennen. Dann wird es schwieriger", sagt sie und wandert hin und her. „Darum wird es so gemacht, wie ich will. Wenn du nicht mehr bist, wird mein Bruder zur Vernunft kommen und dann ist alles wie immer", sagt sie, dreht sie sich auf dem Absatz um und rauscht davon.

Diese Nacht schlafe ich sehr wenig. Immer wieder träume ich von Johannes und werde schweißgebadet wach. Den einzigen Trost, den ich habe, ist das Baby in meinem Bauch. Ich lege meine Hände schützend auf den Bauch und rede mit dem Kleinen. Ich bin dann froh, dass ich nicht alleine bin. Morgens bringt uns ein Wächter etwas zu essen. Es ist so schrecklich unappetitlich, aber Hunger lässt uns keine andere Wahl.

In einer Ecke haben wir etwas Stroh zusammen geschoben um dort unsere täglichen Geschäfte zu verrichten. Das ist jetzt auch der Platz für mein Frühstück. In hohem Bogen und sehr geräuschvoll landet es auf dem Stroh-Pipi-Berg. Die Wächter vor dem Gitter lachen: „Na, die Dame ist wohl besseres Essen gewohnt", scherzen sie. Ich habe ein Stück Stoff aus meinem Kleid gerissen, mit dem ich mir den Mund abwischen kann, als die Glocke vom Markt ertönt. Sie muss unter uns sein, denn es ist sehr laut. In mir steigt ein mulmiges Gefühl die Kehle hoch.

Wenn Johannes die Medizin nicht hat, wird er alle Qualen voll miterleben. Heute ist der dritte Tag und seine Wunden bestimmt so tief, dass er entsetzlich leiden wird. Mir wird wieder übel. Aber ich bleibe bei Amelie. Sie legt mir den Arm um die Schulter. Da ist die Stimme von Johannes Vater: „Da das Urteil gestern nicht vollzogen werden konnte, weil durch Hexenkraft der Beschuldigte nicht bei klarem Verstand war, wird heute das doppelte Strafmaß erteilt". Die Menschen vor dem Fenster jubeln und schreien. Ich schreie auch, aber vor Entsetzen. Ich bin aufgesprungen und laufe zum Fenster. Ich rufe:" NEIN! NEIN! Bitte tut das nicht, es war meine Schuld! Bestraft mich!" Aber draußen ist es so laut, das mich keiner hören kann. Ich weine und rufe, bis

Amelie mich antippt. Sie zeigt in Richtung Tür. Dort steht Barbara und grinst böse. Draußen ist es leise geworden. Dann hört man den ersten Schlag und einen Schrei. Mir entweicht ein: „Nein, bitte nicht!".
Barbara von der Tür her sagt deutlich hörbar. „Ich hatte die Idee mit dem doppelten Strafmaß. Vater fand es zunächst zu hart, aber ich konnte ihn überzeugen. Außerdem haben wir den Pranger auf das Podest gebracht. Johannes steht jetzt direkt unter dem Fenster. Natürlich nur, damit alle Leute dieses Schauspiel besser sehen können. Als Abschreckung versteht sich", sagt sie zuckersüß und grinst mich an. „Und damit DU alles mitbekommst", sagt sie grob und verschwindet.

Ich drehe mich wieder dem Fenster zu. Da erfolgt wieder ein Schlag und Johannes schreit laut vor Schmerzen. Ich schreie ebenfalls, doch mehr als ein: „NEIN!" kann ich hervorbringen, denn Amelie hält mir den Mund zu und führt mich zur Wand. Wir lassen uns an der Mauer herabsinken. Sie hält mich und versucht gleichzeitig meine Ohren zu verschließen. Ich schließe die Augen, kralle mich an ihrem Kleid fest und weine vor mich hin. Ein weiterer Schrei von Johannes ist zwar nicht zu hören, aber die Menge zählt bei jedem Peitschenschlag begeistert mit. Den ganzen Tag weine ich. Ich habe mich hingelegt und die Knie an den Körper gezogen. Meine Hände liegen am Bauch. Die Kälte vom Fußboden krabbelt an mir hoch und bald zittere ich am ganzen Körper.

Irgendwann schlafe ich ein und werde erst wach, als es schon dunkel ist. Amelie ist noch wach und sitzt gespannt neben mir. Als sie bemerkt, dass ich wach bin, winkt sie mich zu sich. Sie nimmt mich in den Arm und ich schmiege mich gerne an ihren warmen Körper. „Was ist passiert?" frage ich still. Sie flüstert vorsichtig: „Johannes ist vom Pranger genommen worden. Eine Frau war dort und hat Anweisungen gegeben, das er sofort losgemacht wird und vorsichtig ins Haus getragen werden soll. Sie hatte eine leise Stimme, daher gehe ich davon aus, dass es seine Mutter war. Ich frage mich nur, warum die Bewaffneten ihr gehorcht haben. Sie hatten von August die Anweisung bekommen, Johannes noch die Nacht über dort zu lassen, ohne Essen und Trinken.

Amelie lauscht wieder gespannt. „Ist August der Vorname von Johannes Vater?" frage ich leise. Sie grinst schief und nickt. Wir warten noch eine ganze Zeit, hören aber nichts mehr.

Da kommt eine Frau die Treppe herunter, die ich noch nie gesehen habe. Sie ist schlank und sehr hübsch. Sie geht zu den Wachen und sagt etwas, das wir aber nicht verstehen können. Die Männer verlassen sofort den Keller und gehen die Treppe hinauf.

Dann kommt sie an unser Gitter. Aus ihrem Kleid zaubert sie ein Brot und einen Krug. Beides hält sie durch die Stäbe. „Du bist Eufemia", sagt sie mit einem Blick auf mich. Ich erkenne die gleichen Augen, wie Johannes sie hat. Das muss seine Mutter sein.

Ich nicke, bleibe aber auf meinem Platz sitzen. „Ihr müsst mir vertrauen, ich habe euch frisches Brot mitgebracht und kühles Wasser", sagt sie ruhig. Können wir ihr wirklich vertrauen? Amelie macht ebenfalls keine Anstalten zu ihr zu gehen. „Johannes ist noch nicht wach...", beginnt sie und dann bricht ihre Stimme. Schnell bin bei der Tür. Ich fasse sie an der Hand, damit sie nicht verschwinden kann. „Was ist mit ihm?" frage ich – vermutlich sehr unhöflich.

„Johannes ist bei der Bestrafung bewusstlos geworden. Sein Körper sieht schrecklich aus. Ich versorge ihn, so gut ich kann, aber die Wunden sind tief", sagt sie und Sorge schwingt in ihrer Stimme mit. Amelie ist ebenfalls bei uns angekommen. Sie nimmt das Brot und den Krug und sagt leise: „Lege Spitzwegerich darauf und warme Tücher", dann dreht sie sich um und setzt sich wieder auf ihren Platz. Johannes Mutter sieht mich an und sagt: „Er hatte mir von eurem Geheimnis erzählt und wie sehr er dich liebt. Er hatte einen Plan und wollte dich bald holen und mit dir ein neues Leben beginnen. Ich hoffe er wird bald wach...."

Dann dreht sie sich um und geht davon. Gleich darauf kommen die Wachen wieder. Das Brot ist frisch und weich. Das Wasser so herrlich kühl und frisch. Wir nehmen von beidem etwas und beschließen, den Rest zu schonen. Am folgenden Abend passiert das gleiche. Johannes Mutter – Anna – erscheint, die Wachen verschwinden, wir bekommen Essen und Trinken. Jetzt hat sie spannende Informationen für uns: „August, Barbara und einige Wachleute sind abgereist zum König, um ihn von den Vorfällen in Kenntnis zu setzen und über das weitere Vorgehen zu beratschlagen. Ich habe sofort danach Johannes ins Haus bringen lassen. Wenn er kräftig genug ist, wird er euch beiden holen und ihr werdet in eine andere Stadt gehen, wie es geplant war. Viel Zeit bleibt euch nicht. August braucht drei Tage bis zum Schloss. Einen oder zwei Tage Aufenthalt sind nur geplant. Ihr müsstet also bald aufbrechen", sagt sie. An Amelie gewandt fragt sie: „Was kann ich noch tun, damit er gesund wird?" Amelie überlegt einen Moment. Dann antwortet sie: „Kennst du dich mit Kräutern aus?" Als Anna nickt, fährt sie fort: „Koche Tee aus Ackermine und Beinwell. Das flöße ihm immer wieder ein. Mit einem kleinen Löffel, aber immer und immer wieder. Erst wenn er wach ist, können wir wirklich etwas tun. Aber die Kräuter werden helfen ihn zu stärken." Anna nickt wortlos, sie nimmt den Krug und geht.

Auch am nächsten Tag erscheint Anna. Wieder bringt sie uns Essen und Trinken. Mit einem Lächeln begrüßt sie uns: „Johannes ist wach. Er hat starke Schmerzen, doch er ist endlich wach...." Da kommt auch Amelie an die Gitterstäbe. „Anna, gib ihm Fleisch. Er muss jetzt schnell zu Kräften kommen. Außerdem bereite ihm einen Salat aus Kapuziner Kresse. Sie wird verhindern, dass sich etwas entzündet. Den Tee muss er möglichst viel trinken. Am besten mehrere Gläser am Tag." Anna nickt. Dann wendet sie sich mir zu.

„Johannes ist sehr besorgt um dich. Er hat kurz vor dem Aufwachen wirr geredet. Er sagte immerzu `Dem Baby darf nichts geschehen`. Ich merke, wie mein Gesicht ganz heiß wird. Zum Glück kann Anna nicht sehen, das ich rot werde. „Johannes lässt dir ausrichten, dass er dich schnell holen und fortbringen wird. Er sagt, er liebt dich von ganzem Herzen."

Mir rollen schon wieder Tränen über die Wangen. „Sag ihm bitte, ich liebe ihn auch. Er soll schnell gesund werden." Anna drückt meine Hand und verschwindet wieder.

Ich versuche einige Krümel Brot zu essen, doch mir wird nur schlecht. Ich trinke etwas und denke wieder an Johannes. Tränen brennen in den Augen und ich lasse ihnen einfach frei Bahn. Amelie legt wieder den Arm um mich und drückt mich. „Alles wird gut Femi. Johannes wird kommen und dich holen." Da fällt mir etwas ein. Wir müssen alle zusammen gehen. Amelie muss mit uns gehen. Doch sie schüttelt den Kopf. „Nein. Ich werde nicht mit euch gehen. Deine Mutter braucht meine Hilfe noch. Sie ist zwar am Leben, aber gut geht es ihr noch nicht. Immer wieder blutet sie zwischen den Beinen. Es ist nicht viel, aber es kann schlimmer werden. Das muss weiterhin behandeln."

Über meine Familie hatte ich mir keine Gedanken mehr gemacht. Aber richtig. Wie es dem kleinen Adam wohl geht. Und Mutter. Ob sie schon aufstehen kann?

Ich war so mit mir und meinen Sorgen beschäftigt, dass ich ganz vergessen hatte, an meine Familie zu denken. Nach Einbruch der Dunkelheit kam Anna noch einmal zu uns. Dieses Mal mit besorgter Miene. Ich stürze zu ihr:" Ist etwas mit Johannes?" Doch sie schüttelt sofort den Kopf. „Dein Bruder David war grade bei mir. Er wollte mir Amelie sprechen, doch es darf keiner zu euch." Amelie kommt sofort her: „Was ist geschehen? Geht es um Maria und das Baby?" Anna nickt. „David erzählt, das sie noch immer Blut verliert. Sie wird immer schwächer und schwächer. Gibt es etwas, was er oder sein Vater tun können?" Amelie denkt eine Weile nach, doch dann schüttelt sie den Kopf.

„Ich muss zu ihr. Sonst kann ich nichts tun. Die einzige Möglichkeit ist, eine andere Heilerin zu holen. Im Wald lebt eine alte Frau. Sie soll einmal eine Heilerin gewesen sein. Sie ist aus ihrem Dorf geflohen, weil man sie als Hexe anklagen wollte. Seither lebt sie im großen Wald, ganz versteckt und verborgen. Wenn es David gelingt sie zu finden und zu holen, hat Maria eine Chance." Anna nickt und dreht sich um. „Ich werde es ihm sagen." nuschelt sie leise. Da stoppe ich sie: „Ist er noch da? DAVID?" Wieder nickt sie nur.

„Bitte sage ihm, das ich in lieb hab. Und das ich so gerne helfen würde." Da lächelt sie und sagt: „Das weiß er bestimmt. Aber ich werde es ausrichten." Am nächsten Tag kommt Anna nicht zu uns. Wir machen uns etwas Sorgen, haben aber ein wenig

Brot und Wasser aufgehoben, dadurch ist es nicht so schlimm.

Am Abend werden die Wachen nicht abgelöst, sondern bekommen nur etwas zu Essen gebracht. Das ist verwunderlich, aber kümmert mich zunächst nicht. Es ist draußen schon dämmerig und die Wachen schlingen ihr Essen und Trinken hinunter. Da kommt Anna. Anders als sonst, schickt sie die Wachen nicht fort. Sie kommt direkt zu uns. „Wir haben die alte Frau nicht gefunden. Dabei sind wir mit drei Pferden durch den Wald geritten. Nirgends eine Spur von ihr. Es tut mir so leid, Femia, aber als wir zurückkamen, war deine Mutter eingeschlafen. Der kleine David lag in ihrem Arm und hatte dir Brust noch im Mund. Es tut mir so leid." Ich höre nicht weiter zu. Sofort fange ich an zu weinen. Ich habe diese Frau ja noch nicht lange gekannt, aber immerhin ist es meine Mutter. Die Gefühle ihr gegenüber habe ich in mir und jetzt brechen sie hervor. Amelie spricht leise zu Anna: „Was ist geschehen?" Und Anna erklärt: „Das ganze Bett war voller Blut. Maria muss aufgestanden sein um das Baby zu versorgen. Auf dem Boden war auch Blut. Vielleicht hat sie gedacht, wenn sie sich hinlegt, wird es aufhören, doch das hat es nicht....." „Das Baby hat falsch gelegen. Das Mutter und Kind die Geburt überstanden haben, ist schon ein Wunder," erklärt Amelie.

Auf einmal gibt es einen lauten Knall. Ich schrecke hoch und erstarre. Eine der Wachen ist umgefallen wie ein Baum. „Das wurde aber auch Zeit", sagt

Anna trocken und nimmt dem Mann die Schlüssel ab. „Was machst du da?" fragt der andere. „Ich lasse die Gefangenen frei", sagt sie und grinst ihn an. Als der Wachposten einen Schritt auf Anna zunächst, verdreht er die Augen und stürzt ebenfalls zu Boden.

Schnell schließt sie die Tür auf und sagt leise: „Kommt schnell." Wir schleichen hinter ihr her die Treppen hinauf. Dann geht es durch einen schmalen Gang, der an vielen vergitterten Fenstern vorbei geht. Dann gehen wir wieder einige Stufen hinunter und durch eine kleine Tür geht es nach draußen. Wir stehen in einer winzigen Gasse, an die ich mich nicht erinnern kann. Weiter schleichen wir hinter Anna her, immer im Schatten der Häuser versteckt, bis zum Ende des kleinen Weges. Dann hält Anna an und dreht sich zu uns um. „Von hier ist es nicht mehr weit zu dem Schuppen mit eurem Wagen. Johannes ist bereits dort. Ich habe ihn auf einer Trage dort hinbringen lassen. Ihr habt nicht viel Zeit. Wir wissen nicht, wann Barbara und August zurückkommen. Ihr solltet etwas Vorsprung haben, wenn sie bemerken, das ihr fort seid."

Wir schleichen durch die dunkle Gegend zum Haus von Elisabeth und ihrer Familie. In der Scheune warten alle auf uns. Johannes liegt auf Stroh gebettet, ist aber wach. Er sieht erschöpft und müde aus. Als er mich sieht, versucht er sich hinzusetzen, doch er verzieht sein Gesicht und lässt sich vor Schmerzen wieder auf das Stroh sinken, was genauso weh tut. Sofort laufe ich zum Wagen, klettere hoch und knie mich neben ihn. Ich nehme sein Gesicht in die Hände und gebe ihm vorsichtig einen Kuss. „Johannes, mein lieber Johannes, es tut mir so leid! Das habe ich alles nicht gewollt." Und Tränen laufen meinen Wangen hinunter.

„Wie geht es dir? Und dem Baby? Ist alles in Ordnung mit dir?" fragt er und ich nicke nur. Dann küssen wir uns ganz vorsichtig. Und ich höre Anna fragen: „Also ist das mit dem Baby wahr?" und Amelie nickt.

Nachdem wir uns ausgiebig begrüßt haben, soll auch Amelie in den Wagen klettern. Als sie zunächst nicht will, erklärt ihr Johannes: „Du hast keine andere Wahl, als mit uns zu kommen. Nachdem Maria gestorben ist, wird man dich sogar für Mord anklagen. Komm mit uns." Doch Amelie schüttelt den Kopf:" Ich kann doch nicht alles hier verlassen. Meine Freunde und meine Familie. Lieber sterbe ich...."

Aber da fällt mir etwas ein: „Amelie, du musst mit uns kommen. Ich kann doch nicht alleine ein Baby auf die Welt bringen. Wenn es dort keine Heilerin gibt? Komm bitte mit uns. Ich brauche dich doch." Und mir fällt noch etwas ein. „Wir müssen noch zu mir nach Hause und den kleinen Adam holen." Alle anderen schauen mich überrascht an. Dann erzähle ich von dem Versprechen, das ich Mutter gegeben habe und das sie geahnt hatte, dass irgendetwas nicht stimmt. „Das ist zu gefährlich. Wir können nicht riskieren das uns jemand sieht. Außerdem wissen wir nicht, ob dich dein Vater und David gehen lassen mit dem Kind", wirft Anna ein. Doch da sagt Johannes: „Wilhelm wird wissen das wir kommen. Maria wird mit ihm gesprochen haben. Er ist der schlauste Mann, den ich kenne und die beiden haben alles miteinander geteilt. Er kann kein Baby versorgen und David auch nicht. Er wird uns helfen. Da bin ich ganz sicher."

Also beschließen wir, dass Johannes und ich zu Vater gehen und Amelie und Anna den Wagen weg bringen, raus aus dem Dorf. Doch Johannes ist noch sehr schwach und kann nur langsam gehen. Also stützt er sich auf mich und wir gehen langsam zum Haus meiner Eltern. Immer wieder müssen wir uns verstecken, weil noch Menschen unterwegs sind. Es sollte uns keiner sehen.

Als wir an der elterlichen Hütte ankommen, sitzt Wilhelm am Tisch, David sitzt bei ihm. Beide sehen erschöpft aus und beide haben geweint. Sogar Vater hat ein verquollenes Gesicht und rote Augen. Als sie uns kommen sehen, springen beide auf. Vater drückt mich an sich und raunt:" Ich konnte nichts tun. Es war so viel Blut." Als ich zum Bett schaue, sehe ich unter der Decke eine Wölbung. Mutter liegt noch im Bett, das kleine Bündel neben sich, das vor sich hin wimmert. Der kleine ist von vielen schreien bereits müde und erschöpft. „Amelie, der Kleine hat sicher Hunger. Was können wir ihm geben?" frage ich meine Verbündete. Sie wendet sich an David: „Kannst Du uns Ziegenmilch holen?" David nickt stumm, steht auf, nimmt eine Schale und verschwindet ohne ein Wort zu sagen.

Wilhelm hat sich inzwischen um Johannes gekümmert. Er hat ihn auf einen Stuhl gedrückt und ihm Essen und Trinken gereicht. Jedoch sagt er zunächst kein Wort.

Ich nehme dem kleinen Adam die nassen Tücher vom Körper, denn er riecht ziemlich unangenehm und ist schon etwas kalt. Wie lange seine Mutter schon tot neben ihm liegt und nicht mehr ihre Körperwärme an den kleinen abgibt, kann ich nicht sagen. Ich reinige ihn mit etwas Wasser und wickele ihn in trockene Stoffbahnen, die wir bereits seit Wochen gesammelt hatten.

Wir nehmen das Kind mit. Der Wagen ist mit weiterem Proviant für uns gepackt. Wir werden irgendwo hingehen, wo uns keiner kennt und uns ein gemeinsames Leben aufbauen." Wilhelm schaut durch mit hindurch. Er kann keinen klaren Gedanken fassen. Ich wende mich an meinen Bruder: „David, kannst Du dich um Vater kümmern? Ihr müsst Mutter beerdigen..." An seinem Blick sehe ich, das Beerdigungen in dieser Zeit noch nicht üblich waren. Und auch Johannes sieht mich Stirn runzelnd an. Ich gehe nicht weiter darauf ein, weil ich keine Ahnung habe, wie hier mit Toten verfahren wird. Ich nehme die Stoffbahnen und stopfe sie in einen Beutel. Dann gehe ich zu Vater und umarme ihn mit meinem freien Arm. David nehme ich lange in den Arm, dann gehe ich zur Tür hinaus. Die Augen brennen und mir laufen Tränen über die Wangen. Als Johannes es bemerkt, legt er den Arm um mich. Eng umschlungen gehen wir zügig Richtung Wald bis zu der Stelle, die wir mit Anna vereinbart haben. Im selben Moment kommen wir mit Amelie am Wagen an. Sie hat mehrere Taschen umgehängt, in denen es klappert und klimpert. Vermutlich hat sie alle Fläschchen und Kräuter zusammen gepackt.

Amelie zieht einen merkwürdig aussehenden Beutel aus einer Tasche und reicht sie mir:" Darin ist Pferdemilch, gib sie dem Kind." Ich schaue mir den Sack genauer an und frage: „Was ist das für ein Beutel? Amelie grinst und erzählt mir von der Frau, die einmal in ihrem Dorf ankam. Sie hatte die Idee mit einem Beutel aus einer Schafsblase und einer Zitze des Schafes. Damit haben sie damals das kleine Lamm gefüttert, weil die Mutter gestorben war. Es funktioniert wirklich hervorragend. Der kleine saugt und schluckt ganz ruhig und genüsslich.

Anna mahnt uns zur Eile: „Ihr müsst Euch sputen. Es wird nicht lange dauern, bis sie euer Verschwinden bemerken. Dann solltet ihr möglichst weit fort sein." Johannes geht zu ihr und nimmt sie in den Arme:" Ich bin dir so dankbar und gleichzeitig traurig. Warum willst du nicht ebenfalls mitkommen? Wir werden uns vermutlich nie wiedersehen."
Doch sie erklärt mit fester Stimme: „Der Wagen und das Essen ist nur für wenige Tage gepackt. Ein Esser mehr macht euch nicht satter. Außerdem muss ich doch meine liebende Restfamilie etwas im Zaum halten." Jetzt lächelt sie ihn an, doch auch sie hat Tränen in den Augen. Ich gehe zu ihr herüber und

drücke sie ebenfalls, dann hilft mir Johannes mit dem kleinen Adam auf den Wagen und unsere kleine Gruppe will sich in Bewegung setzen, als Elisabeth auf mich zukommt. „Ihr solltet zu unserer Hütte im Wald ziehen. Sie liegt so gut versteckt, das euch keiner finden kann. Dann kann Johannes zu Kräften kommen und wir können auch mit Proviant versorgen." Ich schaue zu Johannes und Amelie herüber. Diese reagiert als erstes:" Was ist das für eine Hütte?" fragt sie. Und Elisabeth erzählt, dass wir seit fast einem Jahr daran gearbeitet hatten, bevor Johannes und ich angefangen haben uns zu treffen. Der Eingang ist so gut versteckt, da man ihn nicht sehen kann und das Häuschen schon überhaupt nicht erahnt. Außerdem erzählt sie, das wir immer wieder andere Wege dorthin gegangen sind, um nicht versehentlich einen Weg zu errichten. Gut, das Elisabeth alles so ordentlich erklärt, denn ich war nicht einmal dort, das war alles vor meiner Zeit....

Als ich sie frage, warum sie von diesem geheimen Platz erzählt. Da antwortet sie: „Ohne dich brauche ich diese Hütte nicht mehr und vielleicht ist es langsam Zeit erwachsen zu werden und mir auch einen Liebsten zuzulegen. Ich wünsche mir, das ihr in Sicherheit seid und Johannes etwas zu Kräften kommen kann für die weitere Reise."
Ich freue mich sehr, dass sie das sagt und nehme sie in den Arm. Eine ganze Zeit stehen wir eng umschlungen. „Danke, das ist so lieb von dir," flüstere

ich ihr ins Ohr und sie antwortet: „Ich liebe dich auch, wie meine Schwester."

Elisabeth erklärt den besten Weg für Pferd und Wagen und wir machen uns auf den Weg zur Hütte. Johannes liegt im Wagen und stöhnt bei jeder Unebenheit. Als wir dort ankommen bleibt Johannes noch im Wagen und Amelie und ich suchen nach dem Eingang zur Unterkunft. Leise sagt sie zu mir: „Kann es sein, das du noch nie hier warst?" Ich nicke und bin froh, dass ich durch die gute Beschreibung von Elisabeth den Eingang schließlich finde. Wir ziehen den Wagen vorsichtig durch einen Vorgang aus Kletterpflanzen und langen Buschzweigen und stehen in einer Art Garten, der ein wundervoll dichtes Blätterdach hat. Amelie geht wieder zurück und beseitigt alle Hinweise auf einen Weg oder Wagenspuren.

Ich selbst gehe langsam in die gebaute Hütte und bin überrascht, wie schön es hier ist. Aus Zweigen, dünnen Stämmen und alten Brettern haben wir ein Haus gebaut, zwischen mehreren Bäumen und Sträuchern und mit vielen rankenden Pflanzen verwachsen. Ich schaue mir die Betten an und auch sie sehen einladend aus. Johannes wird hier etwas zu Kräften kommen, da bin ich mir sicher. Wir holen Johannes und Adam aus dem Wagen, bringen alles andere ebenfalls her und versorgen das Pony. Gleich beginnt Amelie durch den Wald zu streifen und Kräuter zu sammeln um eine Paste für Johannes anzufertigen. Ich bereite die erste Mahlzeit für uns und versorge das Baby. Vorsichtig isst Johannes etwas Brei und trinkt die restliche Milch aus dem Beutel. Er hat starke Schmerzen und kann sich noch immer kaum bewegen. Als Amelie mit den Kräuter zurück ist, mischt sie direkt den Brei an und wir legen Johannes auf den Bauch. Als ich das Hemd von seinem Körper entfernen will, schreit er auf. Ich stoppe die Bewegung und schaue vorsichtig nach. Der Rücken ist über und über mit Striemen versehen, die stark eitern. Ich bekomme einen Kloß im Hals und Tränen steigen mir in die Augen. Amelie scheint bereits etwas Ähnliches erwartet zu haben. Sie drückt mir eine Schale mit einer lauwarmen Flüssigkeit in die Hand mit einem Stoffstück und weist mich ernst an, die Wunden vorsichtig zu reinigen. Ich weiche das Hemd mit der Flüssigkeit ein, damit ich die verkrusteten Stellen ablösen kann, doch Johannes stöhnt immer wieder auf vor Schmerzen. Amelie reibt den Rücken mit einer dicken Pampe ein und Johannes schläft schnell ein. Jetzt können auch wir Frauen eine Kleinigkeit essen und trinken. Amelie ist begeistert von dieser Gegend. Sie berichtet von den verschiedenen Kräutern, die sie gefunden hat und dass sie den Bestand hier wunderbar auffüllen kann, bis sie irgendwann merkt, dass ich nicht so begeistert bin und ernst in meinem Essen herumstochere. „Femi, was ist los? Wir sind hier sicher, das findet keiner. Oder geht es dir nicht gut?"

„Nein, mir geht es gut, ich mache mir Sorgen um Johannes. Sein Rücken sieht so schlimm aus und eitert stark." Doch sie legt die Hand auf meinen

Arm und sagt in ruhigem Ton: „Darum bin ich von der Gegen so begeistert, hier habe ich Kräuter gefunden, die ich noch nie in dieser Gegend gesehen habe. Damit werden die Wunden schnell heilen und Johannes zu Kräften kommen. Eine Tinktur habe ich bereits angesetzt, sie braucht zwar noch zwei oder drei Tage, doch dann kann er sie einnehmen, dann wird es ihm ganz schnell besser gehen."

Bald merken wir, wie erschöpft wir wirklich sind und beschließen ebenfalls unsere Nachtlager zu beziehen. Aus Angst Johannes aus Versehen ungünstig zu berühren, lege ich mich mit Adam in einige Entfernung auf den Boden. Es ist so warm, das unsere Körperwärme vollkommen ausreichend ist.

Am nächsten Morgen werde ich wach, weil ich das Gefühl habe, irgendwer beobachtet mich und schaue vorsichtig hoch. Da schaut mich Johannes grimmig von seinem Nest an und sagt mit ernster Miene: „Kaum geht es mir nicht gut, suchst du dir einen jüngeren?" und danach grinst er mich strahlend an....

Ich muss etwas lachen, weniger über den dummen Scherz, aber über die Tatsache, dass es ihm etwas besser zu gehen scheint. Auf allen Vieren krabbele ich leise zu ihm herüber und gebe ihm einen Kuss. „Nein mein Lieber, so einfach wirst du mich nicht los," antworte ich. „Wie geht es dir heute?" frage ich besorgt und lege eine Hand an seine Wange. „Es geht. Kein Vergleich zu gestern. Schau bitte mal meinen Rücken an, er juckt wie verrückt," antwortet er und dreht sich auf den Bauch. Ich habe etwas Angst davor, den Rücken anzuschauen, denn der Anblick gestern war schauderhaft.

Die Paste ist richtig hart geworden. Ich kann Hautfetzen von seinem Rücken einfach abnehmen. Was ich darunter sehe, macht mich sprachlos. Nur wenige, ganz tiefe Stellen sind noch vereitert, das meiste sieht schon recht gut aus. „Deine Haut sieht schon richtig gut aus. Das jucken bedeutet vermutlich, das es heilt."

Antonia ist leise zu uns gekommen und schaut mir über die Schulter: „Ja, das stimmt. Die Wunden sehen sehr gut aus. Ich werde noch einmal den Sud zum Säubern ansetzen und danach werden wir die Paste auftragen. Wenn du kannst, setz dich ruhig auf und esse was ordentliches, du musst zu Kräften kommen."

So gehen einige Tage ins Land, zwischendurch kommt nur Elisabeth, um uns weiteren Proviant zu bringen. Sie erzählt, dass August und Barbara von ihrer Reise zurück sind und es viel Geschrei um die Flucht von uns gegeben hat. Es sind viele Männer geschickt worden, die die Gegend nach uns absuchen mit dem Befehl, alle sofort zu köpfen. Barbara soll sogar ihre Mutter geschlagen und ihr mehrere Haare herausgerissen haben.

Als sie davon erzählt schaue ich in Johannes besorgtes Gesicht und weiß, dass er sich Vorwürfe macht, weil wir sie nicht mitgenommen haben.

Nach weiteren zwei Tagen kommt Elisabeth erneut und bringt Essen. Die Suchtrupps sind zurückgeritten und keine neuen wurden geschickt. Wenn wir weiterziehen wollen, sollen wir dies nachts tun. Ist der gute Rat ihres Vaters. Wir nehmen uns nochmal zum Abschied in die Arme und wissen jetzt, es ist ein Abschied für immer. Wir werden uns niemals wieder sehen....

Auf in eine gemeinsame Zukunft

Wir warten noch einen Tag um alles zu planen und brechen am späten Abend auf. Das Pony trottet ruhig über den weichen Waldboden und das schaukeln lässt mich und den Kleinen schnell einschlafen. Ich werde erst wach, als das kleine Bündel an meiner Brust zappelt und Geräusche von sich gibt. Ich schaue hoch und sehe, dass es bereits hell wird. Weit fort sieht man die ersten Sonnenstrahlen durch die Bäume und es verspricht ein schöner Sommertag zu werden. Als Amelie bemerkt, das ich wach hin, gibt sie Johannes ein Zeichen und er dreht sich zu mir um. „Wir suchen einen Ort, an dem wir Rast machen können", sagt er und zieht das Pony durch Büsche und Sträucher, fort vom normalen Weg. An einer kleinen Lichtung hält er an. Jetzt hat der kleine Adam wirklich Hunger, denn sein quengeln ist zu einem lauten Weinen geworden.

Amelie zieht den merkwürdig aussehenden Beutel aus einer Tasche und reicht sie mir:" Kannst du ihn füttern, ich bin müde und muss etwas schlafen."

Johannes hatte sich auf gemacht und wollte Ausschau nach Wasser halten, als wir Pferde hörten. Sofort waren wir ganz still und ich drückte Adam vorsichtig an mich. Auf einmal hörten wir Schrei, nicht weit von uns entfernt. Mich ergriff Panik!! Ich warf Amelie das Baby geradewegs zu und rannte in die Richtung, in die Johannes gegangen war. Als ich die Stimmen dichter hörte, wurde ich noch schneller und es erfasst mich diese Wut, die ich bereits beim Angriff nach dem Sommerfest verspürt hatte. Als ich sah, wie die beiden Männer meine großen Liebe mit Schlägen quälten, brannte eine Sicherung bei mir durch. Bevor die beiden mich bemerkten stürmte ich auf sie zu und trat dem einen von hinten in die Kniekehle. Er ging sofort zu Boden und schrie. Der andere war so überrascht, das er Johannes zwar los ließ, aber nicht schnell genug reagiert und ich ihm mit voller Wucht in sein bestes Stück treten konnte. Mit schnellen Faustschlägen schlug mein Liebster beide Männer bewusstlos und wir ziehen sie etwas in die Büsche. An deren Pferde waren mehrere Seile und Stricke, die wir verwenden, um die beiden gut zu verschnüren.

Dann hält Johannes mich einen kurzen Moment fest, schaut mir tief in die Augen und sagt: „Danke, du hast mich gerettet. Dieser Blick hat mir früher immer schreckliche Angst gemacht". Wir nehmen die

Pferde mit zum Wagen, an dem Amelie uns bereits besorgt erwartet.

„Wir müssen sofort weiter!" sagt Johannes und zieht das dicke Pferdchen wieder in Richtung des Weges. Ich sehe, wie erschöpft er durch die ganze Folter und den Kampf ist und bitte ihn, sich mit dem Baby in den Wagen zu legen, damit das Kind gewärmt wird. Er nickt wortlos und klettert hinauf. Dann gibt Amelie ihm das Baby und die beiden kuscheln sich ins Stroh und schlafen beide schnell ein. Wir Frauen binden das Pony an ein Strick und sitzen bei den großen Pferden auf. Der Wald lichtet sich etwas und bald kommen wir an eine Weggabelung. Da ich keine Ahnung habe, wo wir sind, bin ich froh, das Amelie die Entscheidung übernimmt, in welche Richtung wir gehen wollen. Auch hier ist der Weg angenehm zu fahren und wir kommen schnell voran. Wir gehen an Feldern vorbei, meiden aber die nächsten Orte, da wir noch zu dicht an unserer Heimat sind. Als es bereits wieder dämmert und wir einen dichten Wald erreichen, beschließen wir eine längere Rast einzulegen.

Johannes ist aufgewacht und findet ein Plätzchen weit vom Weg entfernt, wo ein kleiner Bach durch den Wald fließt. Hier ist es so geschützt, das wir es wagen können, ein kleines Feuer zu machen und etwas Warmes zu essen. Johannes zieht los um Holz zu holen, Amelie legt sich mit dem gefütterten Baby in den Wagen und ich versorge die Pferde und sammeln Steine für ein Feuer. Mit verschiedenen

Gräsern, Farnen und Büschen haben wir weiche Lager ausgelegt. Eine Liegestelle für Johannes und mich habe ich ein Stück weiter von der Feuerstelle entfernt bereitet und Amelie schläft bereits mit dem Kind im Wagen.

Aus unserem Proviant zaubern wir ein wundervolles Essen. Es ist nichts Besonderes, aber es ist eine warme Mahlzeit, die wir in Ruhe genießen können. Als wir mit dem Essen fertig sind, erzähle ich Johannes von unserer Schlafstelle und sage ihm, wie müde ich bin. Ich bitte ihn mit mir zu kommen und mich in den Arm zu nehmen, denn wir müssen morgen alle wieder munter sein...."
Johannes schaut mich erstaunt an. Ich stehe auf, nehme ihn an der Hand und führe ihn zu dem Platz, den ich ausgesucht habe. Er nimmt mich in seine Arme und raunt mir zu: „Endlich habe ich dich mal für mich allein. Darauf habe ich mich seit Tagen gefreut. Wir küssen uns zunächst ganz vorsichtig, dann immer heftiger. Langsam sinken wir auf das Nest aus Moos. Mit meinen Händen fahre ich unter sein Hemd und streichele vorsichtig seine Haut. Als er zuckt frage ich:" Tut es noch sehr weh? Soll ich aufhören?" Doch er schüttelt den Kopf und sagt:" Nein, ich liebe es, wenn Du mich berührst."
Ich drücke ihn auf den Boden und beuge mich über ihn. Wir küssen uns einige Zeit, dann wandere ich mit meinen Lippen in Richtung Hals. Meine eine Hand stützt sich neben ihn ab, die andere Hand liegt auf seiner Brust. Ich merke, dass Johannes schwerer atmet und wandere mit meiner rechten Hand nach

unten. Sein Glied ist hart und ich spüre die Wärme durch seine Hose. Ohne mit den Küssen aufzuhören, versuche ich seine Hose zu öffnen, doch er umfasst mein Handgelenk:" Femi, das dürfen wir nicht, du trägst ein Kind in dir. Ich will es nicht verletzen." Ich muss mir in diesem Moment verkneifen, laut loszulachen und versuche einen ernsten Ton anzuschlagen: „Mach dir keine Sorgen, dem Baby passiert nichts. Ich weiß, was ich zu tun habe." und küsse ihn weiter. Seine Erregung ist stark genug, die Zweifel zu vertreiben und so lasse ich meine Hand wieder nach unten wandern. Jetzt lässt er es zu, dass ich ihm die Hose öffne und seinen Penis heraus hole. Er stöhnt leise und ich bin auch schon ziemlich feucht, sodass ich mein Bein über ihn schwinge, den Rock zur Seite schiebe und mich vorsichtig auf seinen harten Schwanz gleiten lasse. Er stöhnt leise; „Bist du sicher?", doch zur Antwort beginne ich mein Becken vorsichtig zu bewegen. Es dauert nicht lang und er bäumt sich auf, kommt mit dem Oberkörper ein ganzes Stück nach oben und presst mein Becken fest an sich. Dabei stößt er die Luft aus um einen Schrei zu unterdrücken. Als er sich wieder auf das Lager zurücksinken lässt, beginne ich wieder mit meinen Hüften zu arbeiten und er schaut mich fragend an. „Ich bin noch nicht fertig", sage ich ruhig und er setzt wieder in meinen Takt ein. Wenig später komme ich auch. Eng umschlungen schlafen wir ein.....

Als die Sonne grade zwischen den Bäumen auf mein Gesicht scheint, werde ich wach. Die Luft ist herrlich und durch ganz leichten Wind bewegen sich die Bäume über mir ganz sanft. Außer dem wispern der Bäume und einige Vogelstimmen ist es noch ganz ruhig um uns herum. Ich drehe mich auf den Rücken und schaue nach oben, genieße die Bewegungen der Baumwipfel und die langsam vorbeiziehenden Wolken. Ich liege eine ganze Weile so da, doch dann scheint die Sonne oder der Hunger unseren kleinen Gast ebenfalls geweckt zu haben. Ich höre etwas weiter entfernt leises Quengeln. Schnell gehe ich hinüber und nehme das kleine Bündel aus Amelies Umarmung. Der kleine Adam fängt sofort an, an meiner Halsbeuge zu suchen um eine Milchquelle zu finden. Ich muss etwas schmunzeln, denn er schnüffelt dabei wie ein kleines Ferkel. Ich gehe mit ihm Richtung Wagen und suche nach der Milch, die wir extra für ihn mitgenommen haben. Und obwohl sie nicht warm ist, trinkt er gierig aus dem selbstgebauten Schnuller. Langsam gesellen sich auch Johannes und Amelie zu uns und bereiten schweigend ein Frühstück. Nachdem wir uns alle frisch gemacht haben und gestärkt sind, räumen wir alles in den Wagen und machen uns wieder auf den Weg.

So ziehen wir mehrere Tage, ohne große Schwierigkeiten durch Wälder und an mehreren kleinen Orten vorbei. Wir sind inzwischen so weit von Zuhause weg, da wir zum Abend ruhen und tagsüber reisen.

Nach mehreren Tagen sehen wir in sicherer Entfernung eine recht große Stadt. Um nichts zu riskieren, bleiben wir am Waldrand, verstecken den Wagen und errichten ein Lager im dichteren Gehölz. Johannes beschließt, mit Amelie in die Stadt zu gehen und Proviant für die weitere Reise zu besorgen, da unsere Vorräte fast aufgebraucht sind und wir nicht wissen, wann wir wieder an so eine große Stadt gelangen. Adam und ich sollen am Wagen bleiben und uns ausruhen. Ich bin sehr froh darüber, denn mein Körper ist mit der Schwangerschaft doch sehr beschäftigt.

Nachdem ich eine ganze Zeit mit dem Baby im Arm geschlafen habe, werde ich wach, doch von den anderen beiden ist noch nichts zu sehen. Ich gehe in Richtung des Weges und will schauen, ob ich sie schon auf dem Weg sehe kann. Doch das einzige, was ich erkennen kann, ist eine einzelne Person, die den Weg entlang kommt. Ich sehe, dass es nicht Johannes oder Amelie sind und schleiche schnell wieder zum Wagen zurück, hoffe, dass mich der Wanderer nicht bemerkt hat. Und es passiert auch eine ganze Zeit nichts, sodass ich mich wieder normal bewege und aus den letzten Resten unserer Lebensmittel beginne ein kleines Abendessen herzurichten. Plötzlich knackt es hinter mir und ich schnelle herum. Ein Mann tritt durch das Gehölz und fast rutscht mir ein Schrei heraus, denn Mark steht vor mir, mein Ehemann aus meinem normalen Leben.

Ich fühle mich ertappt und bemerke, das ich rot im Gesicht werde. Er kommt langsam näher und sagt sehr freundlich: „Hallo, ich wollte dich nicht erschrecken. Ich habe dich am Wald stehen sehen und dachte, hier gibt es noch eine Herberge, aber ich sehe, du bist auch auf der Durchreise?" Ich kann nur nicken und bringe kein Wort heraus. Er redet weiter: „Bist du ganz alleine unterwegs?" Ich schüttele den Kopf, bringe zunächst noch immer keinen Ton über die Lippen. Doch er schaut mich freundlich an und wartet auf eine Antwort. Langsam entspanne ich mich, denn in der Welt hier, ist er ja nicht mein Mann und ich brauche kein schlechtes Gewissen haben... So antworte ich schließlich: „Nein, mein Mann und meine....Tante sind in die Stadt gegangen um Proviant zu kaufen. Ich war am Waldrand, um zu schauen, ob sie unterwegs sind." Er nickt und sagt dann: „So so. Dann werden sie ja bald kommen. Besteht die Möglichkeit, dass ich mich euch an- schließe? Ganz alleine zu reisen, ist nicht nur lang- weilig, sondern auch gefährlich. Für euch ist es ja vielleicht auch ganz gut, einen zweiten Mann als Beschützer dabei zu haben." Ich nicke langsam, sage dann aber: „Das kann ich nicht entscheiden. Die Entscheidung sollte ich mit meinem Mann und mei- ner Tante besprechen." Er nickt und lässt das Thema vorerst ruhen. Ich frage ihn, ob er mit mir eine Klei- nigkeit essen möchte, da ich wirklich Hunger habe und gemeinsam essen wir von dem bisschen, was ich noch herrichten konnte. Irgendwann meldet sich der kleine Adam und ich hole ihn. Mein Besuch schaut erstaunt: „Ihr habt sogar schon ein Baby. Ich habe dich für sehr jung gehalten." Irgendetwas hält mich davon ab, ihm zu erklären, was es mit dem

Kind auf sich hat. Ich sage nur, das das stimmt und mein Mann und ich uns sehr jung verliebt haben. Als der kleine Adam versorgt ist und wieder schläft, beginne ich, alles zu säubern und wieder im Wagen zu verstauen. Mark hilft mir etwas dabei und wir unterhalten uns ganz nett über alles Mögliche. Er ist fast so charmant, wie in unserer Kennlernzeit während des Studiums. Aber ich habe nicht die Schmetterlinge im Bauch, die ich habe, wenn ich Johannes nur sehe....

Als ich das letzte Teil ich den Wagen lege und noch einmal nach Adam sehe, steht Mark sehr dicht hinter mir. Er packt mich am Arm und reißt mich herum, sodass ich hart mit dem Po auf dem Wagen lande, die Beine hängen herunter. Er steht dicht vor mich und hat noch immer meinen Oberarm fest im Griff. Als ich ihm ins Gesicht schaue, bekomme ich einen riesen Schreck.
Sein Gesicht ist verzerrt, das freundliche ist verschwunden. Er hat die gleiche Fratze, wie damals in meiner Wohnung, als er betrunken war. Seine Augen schauen mich kalt an, seine Zähne sind zusammengekniffen und er zischt durch sie hindurch: „Willst du mich für dumm verkaufen? Die Geschichte mit deinem Mann und deiner Tante ist doch gelogen. Du bist mutterseelenallein mit deinem Bastard. Hast dich von irgendeinem Mann besteigen lassen oder vielleicht sogar von mehreren, bist eine billige Hure, die nur mich nicht ran lassen will?!?!?!"

Und dann schlägt er mir mit der anderen Hand hart ins Gesicht. Hätte er nicht meinen Arm fest im Griff, würde ich gegen die Seite des Wagens krachen. Jetzt greift er in mein Haar, zieht mein Gesicht dich zu sich heran und zischt mir wütend entgegen: „Jetzt bin ich dran, jetzt werde ich dich besteigen, du Schlampe", und wieder bekomme ich einen Schlag ins Gesicht, doch jetzt hat er mich losgelassen, und ich falle etwas nach hinten und bin wie betäubt. Als ich wieder zur Besinnung komme, merke ich, wie meinen Rock hochgeschlagen hat und mich an den Beinen zu sich zieht. Einen kleinen Augenblick lässt er mein eines Bein los, um seine Hose herunter zu ziehen, da macht es in meinem Kopf „Klick" und bin klar bei Verstand. So fest ich kann, trete ich ihm gegen die Brust und er schaut mich erstaunt an. Doch sein Gesicht wird hart und er kommt auf mich zu gestürmt.... und läuft direkt in das Messer, das ich irgendwie in die Hand bekommen habe. Mit weit aufgerissenen Augen starrt er mich an. Überrascht oder entsetzt. Er legt die Hand an das Messer und versucht es heraus zu ziehen. Ich bin vom Wagen gesprungen und bleibe in sicherer Entfernung stehen. Ich weiß, dass ich noch nicht außer Gefahr bin und suche nach einem Gegenstand, mit dem ich mich wehren kann. Mein Blick fällt auf die Axt. Schnell bin ich bei ihr und greife die Axt. Als ich mich umdrehe, hat Mark das Messer aus seiner Brust gezogen und kommt auf mich zu. Aber er ist geschwächt und stolpert mehr, als das er läuft.

Mit voller Wucht ziehe ich die Axt hoch und er stürzt richtig hinein. Fast an die gleiche Stelle, wo zunächst das Messer eingedrungen war, saß jetzt die Axt. Mark sinkt auf die Knie, Blut bildet sich in seinem Mundwinkel und lief als kleiner roter Faden zum Kinn hinunter. Dann fällt er einfach um. Die Augen starr...

Im gleichen Augenblick ist es, als würde auch ich stürzen und mir wird schwarz vor den Augen. Eine Weile ist alles dunkel.....

Als ich meinen Körper wieder spüre, sind meine Augen noch geschlossen. Ich spüre unter mir eine weiche Unterlage und merke, dass ich in einem Haus bin. Es fällt mir schwer, die Augen zu öffnen. Fast, als wären sie verklebt oder einfach ganz schwer.

Ich frage mich, wie lange ich bewusstlos war und ob mit dem Kind alles gut ist. Mit den Händen fasse ich an meinen Bauch. Doch da ist nicht der Stoff von meinem Kleid, der grob ist, sondern ein weicher Pullover, der besonders kuschelig ist. Ich höre leise Stimmen: „Sie bewegt sich, ich glaube, sie wird langsam wach" flüstert eine Frauenstimme. Es ist aber nicht Amelie. Langsam dämmert es mir, wo ich aufgewacht bin...wieder in meinem Leben.

Ich beginne langsam meine Hände zu bewegen um mich abzulenken. Ich konnte mich nicht einmal von Johannes verabschieden. Mein Herz tut richtig weh und ich habe einen dicken Kloß im Hals. Aber ich kann auch nicht weinen... So bewege ich langsam meine Füße und Beine, drehe den Kopf etwas hin und her und versuche langsam die Augen zu öffnen. Was zunächst kleine Schlitze sind werden bald offene Augen und ich schaue an die Decke um sicher zu sein, das ich wirklich wieder im hier und jetzt bin. Noch bin ich nicht sicher, ob ich lachen oder weinen möchte. Ich hebe den Kopf etwas an und versuche einen Blick auf meine Freunde zu werfen. Doch auch sie sortieren sich noch, haben ebenfalls Schwierigkeiten wieder anzukommen. So dauert es eine ganze Weile, doch irgendwann sitzen wir an einem Tisch, schweigend und trinken und essen etwas.

Wieder zurück

Keiner von uns spricht viel und Vera erklärt uns, dass es vollkommen normal ist in den nächsten Tagen. Ich spüre, wie abwechselnd Adam und Antonia zu mir herüber schauen und auch ich werfe ab und an einen Blick zu den beiden. Ich hatte zunächst Angst zu Adam zu schauen, weil ich mir meiner Gefühle nicht klar bin. Aber je mehr ich wieder in meinem Leben ankomme, merke ich, dass es halt Adam ist, nicht Johannes. Er ist wieder wie mein Bruder. Hoffentlich ist es bei ihm auch so....

Irgendwann räumen wir unsere Sachen zusammen, setzen uns ins Auto und treten die Heimreise an. Irgendwann sagt Adam: „Könnt ihr euch noch an alles erinnern?" Antonia und ich nicken. „Ich mich auch. Das war schon ein irrer Trip, oder?" Und wieder können Antonia und ich nur nicken.

Als wir Adam abgesetzt haben, fragt mich Antonia:" Wie geht es dir?" und ich zucke mit den Schultern. „Ich weiß noch nicht genau. Ich bin traurig, denn dort habe ich wahre Liebe erfahren..." In diesem Moment halten wir vor unserem Haus. Vor der Tür stehen Koffer, Taschen, Kartons und einzelne Möbelstück. Es handelt sich um meine Möbel.... Antonia stellt das Auto aus und folgt mir zur Tür. Mein Schlüssel passt nicht ins Schloss und es öffnet auch keiner die Tür. Doch Amelie findet einen Brief an einem der Kartons:

EVE. Steht in großen Buchstaben darauf. Ich nehme den Brief und gehe damit ums Haus herum in den Garten und setze mich auf einen Stuhl. Antonia ist mir gefolgt. Ich öffne den Brief und beginne zu lesen:

„Ich hatte Dich gebeten, beim Termin mit meinen Eltern wieder zuhause zu sein. Aber es ist ja nicht wichtig! Immer geht es nur nach Deinen Wünschen. Dein nicht erscheinen ist, als hättest Du mir ein Messer in die Brust gestoßen. Ich will die Scheidung. Die Unterlagen werde ich zu Adam schicken. Er ist dir ja offensichtlich wichtiger, als unsere gemeinsame Zukunft."

Oh Gott, bin ich erleichtert!

Nachwort

Seit vielen Jahren gehen eine Freundin und ich regelmäßig laufen. Dabei haben wir viele Geheimnisse geteilt, Probleme besprochen und so manches Mal Dampf abgelassen. Ich habe die ersten Schritte ihrer Ausbildung miterlebt und war gerne das Versuchsobjekt und später eine dankbare Patientin. Nach einem weiteren Lehrgang erzählte sie von einer Patientin (natürlich ohne mir den Namen zu verraten), wo sie herausgefunden hatte, das diese schon einmal gelebt hatte und dort schreckliche Sachen getan und erlebt hatte. All das würde mit ihren Beschwerden heute zusammenhängen. Ich dachte bei mir: `Meine liebe Freundin wird verrückt".

Doch diese Geschichte ließ mich nicht los. Ich hatte Bilder vor Augen aus einem mittelalterlichen Dorf, einem Scheiterhaufen usw..... und ohne es zu wissen, hatte meine Freundin einen kleines Samenkorn gepflanzt. Vielen Dank dafür liebe Andrea und für viele Stunden im Wald!

Es hat einige Zeit gedauert, bis ich mit einem Block begonnen habe, diese Geschichte zu schreiben. In jedem Urlaub schrieb ich weiter, doch es ging langsam und schleppend voran, 2/3 waren da geschrieben.

Zwei Kollegen haben mich ermuntert, weiter zu machen und gaben damit Wasser auf meine Mühlen und das kleine Samenkorn. Vielen Dank Stefan und Imke für alle IMPULSE!

Danke auch an meine lieben Freundinnen Katja, Andrea und Anja für das erste Feedback, das mir Mut gemacht hat, weil es so unglaublich nett war.

Und zuletzt ein riesengroßes Dankeschön an meine Kinder. Ihr seid die Sonne, die mich wärmt. Selten vor Wut, denn meistens bin ich stolz und sehr verliebt in Euch.

Der größte Dank, gilt meinem Mann: Du bist mein Boden und meine Wurzeln, die mich erden. Du gibst mir Halt, auch bei starkem Sturm in meinen Haaren. Ich liebe Dich!

Natürlich habe ich mir alles nur ausgedacht. Alle Namen und Situationen entspringen meiner Phantasie. Nichts davon ist wirklich geschehen. Eventuelle Ähnlichkeiten zu Erlebnissen und Menschen sind zufällig.